마지막 잎새 외

세계문학산책 33
마지막 잎새 외

지은이 오 헨리
옮긴이 붉은여우
펴낸이 안용백
펴낸곳 (주)넥서스

초판 1쇄 인쇄 2013년 5월 15일
초판 1쇄 발행 2013년 6월 1일

출판신고 1992년 4월 3일 제311-2002-2호
121-840 서울시 마포구 서교동 394-2
Tel (02)330-5500 Fax (02)330-5555

ISBN 978-89-6790-151-6 04800

세계문학산책 33

오 헨리

마지막 잎새 외

붉은여우 옮김　김욱동 해설

지식의숲

차 례

마지막 잎새

워싱턴 광장 서쪽의 조그만 구역에 가면 길이 이리저리 마구 얽힌 뒷골목이 있다. 희한한 각도와 곡선을 이루는 이 이상한 골목을 따라가다 보면 한두 번은 왔던 데를 다시 지나게 된다.

일찍이 한 화가가 이 거리에서는 재미있는 일이 생길 수도 있겠다는 사실을 문득 깨달았다. 가령 물감이나 종이나 캔버스 대금을 받으러 온 수금원이 이 골목에 들어오면 외상값 한 푼 받지 못하고, 어느새 왔던 길로 되돌아 나갈 수도 있겠다는 생각 말이다.

그래서인지 이 색다르고 예스러운 그리니치 마을로 금세 화가들이 몰려들었다. 그들은 북쪽으로 난 창문과 18세기 풍의

지붕과 네덜란드 풍의 다락방과 방세가 싼 집을 찾아 헤매고 다녔다. 이윽고 그들이 6번가에 백랍으로 된 컵과 탁상용 난로를 하나둘 들고 들어오게 되면서 이곳에 '예술인 마을'이 하나 생겨났다.

수와 존지의 화실은 나지막한 삼층 벽돌집 꼭대기에 있었다. '존지'는 조안나의 애칭이었다. 수는 메인, 존지는 캘리포니아가 고향이었다. 두 사람은 8번가에 있는 음식점 델모니코에서 밥을 먹다가 알게 되었다. 예술이나 치커리 샐러드나 예복 소매에 관한 서로의 취향이 일치한다는 것을 알고 공동으로 화실을 차리게 된 것이었다. 그것이 지난 오월의 일이었다.

11월이 되면서 '폐렴'이라고 부르는 눈에 보이지 않는 매서운 침입자가 이 마을을 쏘다녔다. 폐렴은 얼음 같은 손가락으로 사람들을 휘젓고 다녔다.

이 폐렴은 이미 동쪽 마을을 휩쓸고 다니면서 수십 명의 희생자를 냈는데, 좁디좁은 뒷골목에서는 걸음걸이마저 느릿했다.

폐렴이라는 놈은 기사도 정신을 갖춘 노신사라고 부를 만한 것이 못 되었다. 캘리포니아의 부드러운 바람 속에서 자란 가냘프고 여린 처녀는, 피 묻은 주먹을 움켜쥔 이 늙고 거친 협잡꾼의 사냥감이 될 수밖에 없었다. 놈이 존지에게 달려든 것이었다. 존지는 페인트칠을 한 철제 침대에 꼼짝 못하고 누워 네덜란드 풍의 조그만 창 너머로 이웃 벽돌집의 텅 빈 벽을 바라볼 뿐이었다.

어느 날 아침, 의사가 텁수룩한 잿빛 눈썹을 움직이며 수를 황급히 복도로 불러냈다.

“저 아가씨가 살아날 가망은……, 아마 열에 하나쯤 될 겁니다.”

그는 체온계를 흔들어 내리면서 말했다.

“그 가망마저 환자가 살고 싶어 하지 않으면 없는 거나 마찬가지예요. 지금처럼 장의사를 부를 생각만 하고 있으면 처방이고 뭐고 다 바보 같은 짓이 되고 말아요. 저 환자는 이제 아예 낫지 않을 거라고 믿고 있어요. 무언가 그녀의 기분을 바꿀 만한 것이 없을까요?”

“재는 언젠가 나폴리 만(灣)을 그려 보고 싶다고 했어요.”

수가 말했다.

“그림을 그리겠다고요? 어리석군요. 무언가 마음속으로 골똘히 생각할 만한 것은 없나요? 이를테면 남자 친구라든가…….”

“남자요?”

수는 퉁명스런 목소리로 말했다.

“아니에요, 선생님. 존지한테 남자 친구는 없어요.”

"음, 그렇다면 더 곤란한걸요. 어쨌든 내가 할 수 있는 데까지 최선을 다해 보겠습니다. 하지만, 환자가 자기 장례식에 올 자동차 수나 세고 있다면 약효는 반으로 줄 수밖에 없는 거지요. 아가씨가 잘 달래서 환자가 겨울에 유행할 외투에 관해 물어보도록 만든다면 회복할 가망은 열에 하나가 아니고 다섯에 하나라고 약속하지요."

의사가 돌아간 뒤 수는 화실로 가서 손수건이 흠뻑 젖을 정도로 실컷 울었다. 그러고는 화판을 안고 휘파람으로 재즈를 불면서 힘차게 존지의 방으로 들어갔다.

존지는 이불을 구김살 하나 만들지 않고 덮은 채 창 쪽으로 얼굴을 돌리고 누워 있었다. 수는 존지가 잠든 것 같아서 휘파람을 멈췄다.

수는 화판을 세워 놓고 잡지의 삽화를 그리기 시작했다. 젊은 화가들은 대개 문학잡지에 실리는 소설의 삽화를 그리면서 화가의 길을 시작하는 경우가 많았다.

수는 말 품평회에 나갈 때나 입는 멋있는 승마 바지와 외눈박이 안경을 쓴 소설의 주인공인 아이다호의 카우보이를 그리고 있었다. 그때 나지막한 소리가 되풀이해서 들려왔다. 수는 얼른 침대 곁으로 다가갔다.

존지가 눈을 커다랗게 뜬 채 누워 있었다. 창밖을 보면서 숫자를 거꾸로 세고 있었다.

"열둘."

여기까지 세고는 조금 있다가 '열하나' 그리고 '열', '아홉', 그러다가 그다음에는 거의 동시에 '여덟', '일곱' 하는 식으로 숫자를 셌다.

'도대체 뭘 세고 있는 거지?'

수는 궁금해서 창밖을 내다보았다. 하지만 보이는 것이라고는 그저 텅 빈 쓸쓸한 안마당과 6미터쯤 떨어져 있는 벽돌집의 볼품없는 담벼락밖에 없었다. 뿌리가 썩고 해묵은 담쟁이덩굴이 벽돌담 중간쯤까지 뻗어 올라와 있었다. 차가운 가을바람에 담쟁이 잎은 거의 다 떨어졌고, 앙상한 가지만이 허물어져 가는 벽돌담에 매달려 있었다.

"존지, 뭐하는 거야?"

수는 영문을 몰라서 물었다.

"여섯."

존지는 거의 속삭이듯이 말했다.

"조금씩 빨리 떨어지고 있어. 사흘 전에는 거의 백 장쯤 있었어. 세고 있으면 머리가 아플 정도였지만 이젠 쉬워. 어머, 또 하나 떨어지네. 이제 남은 것은 다섯 장뿐이야."

"뭐가 다섯 장이야? 나한테도 얘기해 줘."

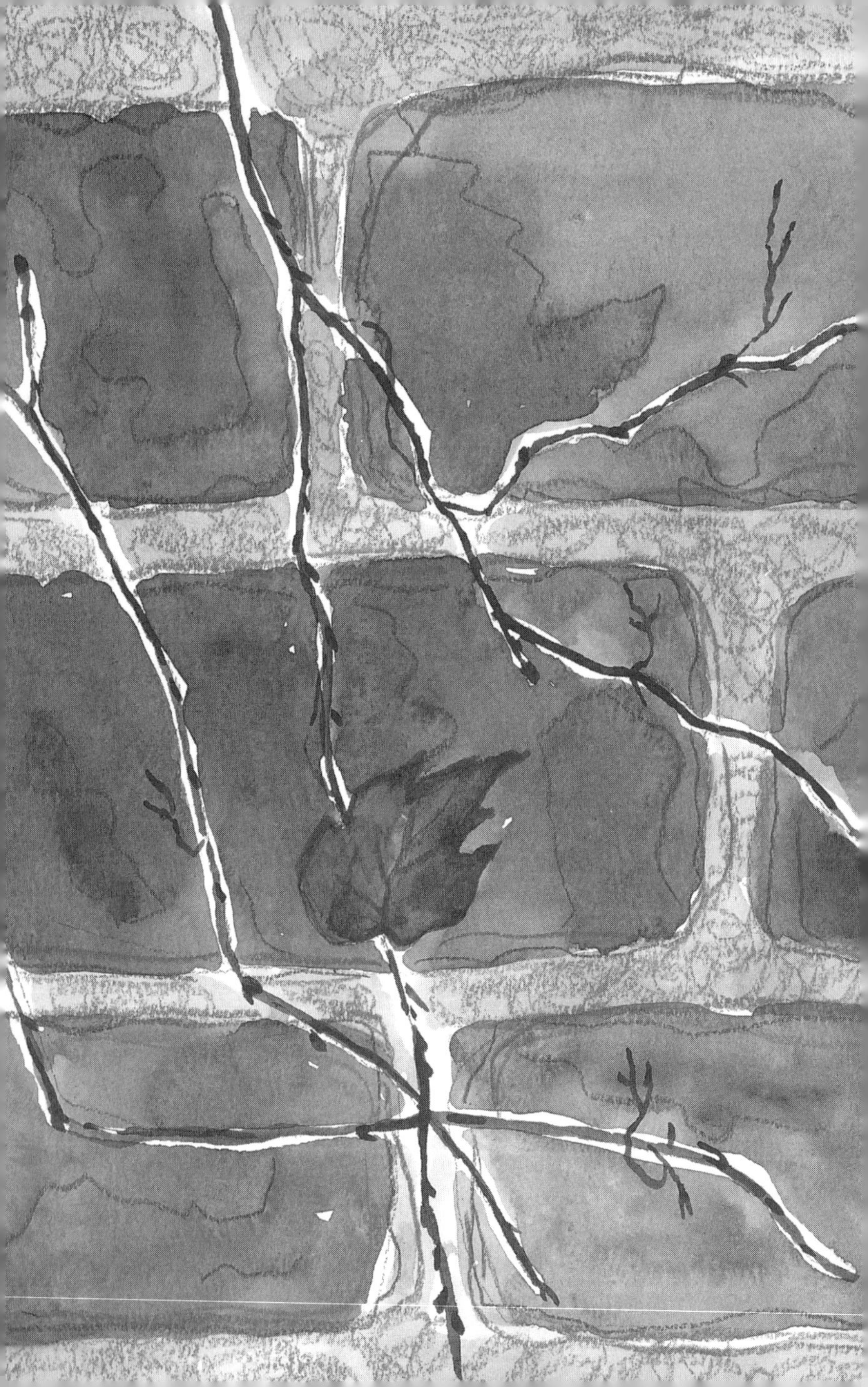

"잎사귀. 담쟁이덩굴에 붙어 있는 저 잎들 말이야. 마지막 한 잎이 떨어지면 나도 가는 거야. 사흘 전부터 알고 있었어. 의사 선생님이 그런 말씀 안 하셨어?"

"뭐라고? 그런 바보 같은 소린 들은 적이 없어."

수는 몹시 당황했지만 침착하게 말했다.

"도대체 마른 담쟁이 잎사귀와 네가 낫는 것이 무슨 관계가 있다고 그래? 네가 저 덩굴을 무척 좋아했던 것이 문제야. 이 바보야, 그런 말은 하지도 마. 의사 선생님이 아침에 말씀하실 때 네가 회복할 가망성은…… 그러니까 선생님 말씀 그대로 말하자면…… 열에 아홉 정도라고 하셨어. 그런 건 뉴욕에서 전차를 타고 가거나 신축 공사 중인 건물 옆을 지나갈 때의 위험과 마찬가지야. 자, 이제 국물을 좀 먹어 봐. 제발 내가 마음 놓고 다시 그림을 그리게 해 줘. 그래야 잡지사 편집자에게 그림을 팔아 아픈 너를 위해선 포도주를, 먹성 좋은 나를 위해선 돼지고기를 사올 수가 있잖아?"

"이젠 포도주 같은 건 살 필요 없어."

존지는 계속 창밖을 바라보면서 말했다.

"또 한 잎 떨어지네. 그리고 국물도 먹고 싶지 않아. 이제 네 잎뿐이야. 어두워지기 전에 마지막 한 잎이 떨어지는 것을 보고 싶어. 그러면 나도 가는 거야."

"이봐, 존지."

수는 존지에게 몸을 굽히며 말했다.

"내가 그림을 다 그릴 때까지 눈을 감고 창밖을 보지 않겠다고 약속해 주겠니? 이 그림을 내일까지 넘겨줘야 해. 커튼을 치고 싶어도 그림을 그리려면 빛이 필요하니까 어쩔 수가 없구나."

그러나 존지는 차갑게 대답했다.

"다른 방에서 그릴 수 없니?"

"나는 네 옆에 있고 싶어. 게다가 네가 줄곧 저 쓸데없는 담쟁이 잎사귀를 쳐다보고 있는 게 싫기도 하고."

"그렇다면 다 그리고 나서 금방 알려 줘야 해."

존지는 눈을 감은 채 쓰러진 조각처럼 핏기 없는 얼굴로 꼼짝도 하지 않고 말했다.

"마지막 한 잎이 떨어지는 걸 보고 싶으니까. 이제 기다리는 것도 지쳤어. 생각하는 것조차 힘들어. 모든 집착에서 벗어나져 가엾은, 지쳐 버린 나뭇잎처럼 떠나고 싶어."

"존지, 좀 자도록 해 봐. 나는 베어먼 할아버지에게 세상을 등진 늙은 광부의 모델이 되어 달라고 부탁해야겠어. 곧 돌아올게. 내가 돌아올 때까지 편히 쉬고 있어."

베어먼 노인은 맨 아래층에 살고 있는 화가였다. 나이가 예순

이 넘었고, 미켈란젤로가 그린 모세처럼 수염이 얼굴에서부터 도깨비 같은 몸까지 곱슬곱슬하게 내려와 있었다.

베어먼은 예술에 있어 낙오자였다. 40년 동안이나 붓을 쥐고 살아왔지만, 예술의 여신 치맛자락도 잡아 보지 못했다. 늘 걸작을 그리겠다고 입버릇처럼 말했지만, 아직 손도 대지 못하고 있었다. 지난 몇 해 동안 가끔 상업용이나 광고용으로 형편없는 그림을 그린 것 외에는 아무것도 그리지 못했다.

그는 전문 모델을 쓸 여유가 없는 예술인 마을의 젊은 화가들에게 모델이 되어 주고 돈을 몇 푼씩 받아서 썼다. 그런 처지에도 술을 잔뜩 마시고는 여전히 머지않아 걸작을 그리겠다고 말하곤 했다.

그는 몸집이 작았지만 성격이 꼬장꼬장했다. 그래서 누구든지 나약한 모습을 보이면 사정없이 비웃어 주었다. 하지만 수와 존지에 대해서만은 자신을 두 젊은 예술가를 지키는 특별한 감시인이라고 자처하고 있었다.

수가 아래층으로 가 보니 베어먼 노인은 어둡침침한 골방에서 술 냄새를 잔뜩 풍기며 취해 있었다. 한쪽 구석에는 아무것도 그려지지 않은 캔버스가 화판에 올려져 있었다. 그 캔버스는 걸작이 되기 위한 첫 획을 그렇게 25년 동안이나 기다려 온 것이었다.

수는 베어먼에게 존지의 터무니없는 망상에 관해 이야기했다. 그리고 살아야겠다는 의지가 더 약해지면, 존지는 가냘픈 나뭇잎처럼 둥둥 떠서 날아가 버릴지도 모른다고 걱정하며 말했다. 베어먼 노인은 핏발이 선 눈에 눈물을 글썽거리며 존지의 어이없는 망상에 관해 큰 소리로 경멸과 조소를 퍼부었다.

"뭐라고!"

베어먼은 소리쳤다.

"그따위 말라비틀어진 잎이 다 떨어지면 자기도 죽는다고 믿어? 그런 얼빠진 놈이 세상에 어디 있어? 그런 말은 내 평생 들어 본 적이 없다고. 나는 그런 얼간이의 친구에게 모델을 해 주고 싶지 않아. 어째서 수는 존지가 그런 어처구니없는 생각을 하게 내버려 두는 거지? 아, 가엾은 존지."

"존지는 심하게 앓아서 몹시 쇠약해졌어요. 그리고 열 때문에 마음까지 병을 얻어 별의별 이상한 망상을 하는 거예요. 좋아요, 베어먼 할아버지. 제 모델을 해 주지 않으시겠다면 할 수 없죠. 하지만 할아버지를 정말 변덕스런 사람이라고 생각할 거예요."

"여자란 이래서 탈이야!"

베어먼은 큰 소리로 말했다.

"누가 모델을 안 한다고 그랬나? 자, 나도 따라갈 거야. 모델이라면 얼마든지 되어 주겠다고 30분 전부터 말하려 했어. 이것 참! 여기는 존지같이 착한 처녀가 병들어 누워 있을 곳이 못돼. 머지않아 나는 걸작을 그릴 거야. 그러면 우리 모두 여기서 나가자고. 정말이야, 그렇게 하자고."

두 사람이 위층으로 올라가 보니 존지는 잠들어 있었다. 수는 커튼을 창턱까지 끌어 내리고 나서 베어먼에게 옆방으로 가자고 손짓을 했다. 옆방으로 들어간 두 사람은 긴장한 얼굴로 창밖의 담쟁이덩굴을 바라보았다. 그리고 잠시 서로 말없이 쳐다보았다. 창밖에는 싸늘한 진눈깨비가 쉴 새 없이 내리고 있었다.

낡은 푸른색 옷으로 갈아입은 베어먼은 바위 대신 큰 통을 엎어 그곳에 걸터앉은 뒤 세상을 등진 늙은 광부의 자세를 취했다.

이튿날 아침, 수가 한 시간쯤 자고 일어나 눈을 뜨니 존지는 흐릿한 눈으로 내려져 있는 초록색 커튼을 멍하니 바라보고 있었다.

"보고 싶으니까 올려 줘."

존지는 속삭이듯 말했다. 수는 마지못해 존지가 원하는 대로 했다.

그런데 이게 어떻게 된 일인가! 밤새도록 비바람이 휘몰아쳤는데도 담벼락에는 아직도 담쟁이 잎 하나가 또렷이 붙어 있는 것이었다. 그것은 담쟁이 줄기에 매달린 마지막 잎새였다. 비록 언저리는 누렇게 말라 있었지만 분명 그 잎은 대견스럽게 가지에 매달려 있었다.

"마지막 잎새야."

존지가 말했다.

"밤중에 틀림없이 떨어질 줄 알았는데. 바람 소리를 들었거든. 오늘은 아마 떨어질 거야. 그러면 나도 함께 죽는 거야."

"이봐, 존지!"

수는 지친 얼굴을 베개에 묻으면서 말했다.

"네 자신이 어떻게 되든지 상관없더라도 내 생각도 좀 해 줘. 난 어떻게 하라고?"

그러나 존지는 대꾸하지 않았다. 이 세상에서 가장 고독한 것이 신비로운 곳으로 먼 여행을 떠날 채비를 하고 있는 영혼이었다. 이 땅과 연결된 끈들이 하나하나 끊어짐에 따라, 그런 터무니없는 망상이 점점 더 강하게 존지를 사로잡는 것 같았다.

저녁 어스름이 짙어 들어도 그 외로운 담쟁이 잎이 그대로 매달려 있는 것이 보였다. 그러다가 밤이 되자 북풍이 다시 사납게 휘몰아치기 시작했다. 비는 창문을 세게 때리며 나직한 네덜란드 풍 처마에서 후드득 떨어져 내렸다.

날이 새자, 존지는 커튼을 올려 달라고 재촉했다. 그런데 신기하게도 담쟁이 잎은 여전히 그 자리에 있었다. 존지는 누운 채로 오랫동안 그것을 바라보았다. 그러더니 난로 위에 올린 닭고기 수프를 젓고 있는 수에게 말을 건넸다.

"수, 난 나쁜 애야. 내가 얼마나 나쁜 애였는가 알려 주려고 누군가가 저 마지막 잎새를 남겨 둔 거야. 죽고 싶다고 생각하다니, 천벌 받을 일이지. 나, 그 국물 좀 먹을래. 우유에 포도주를 탄 것도 좀 주고. 아차, 그보다 손거울부터 먼저 갖다 줄래? 그리고 내 등에다 베개 몇 개만 받쳐 줘. 일어나 앉아서 네가 음식 만드는 것을 보고 싶어."

한 시간쯤 지난 뒤 존지가 말했다.

"수, 난 언젠가 나폴리 만을 그리고 싶어."

오후에 의사가 왔다. 의사가 돌아갈 때 수는 슬며시 뒤따라 나왔다.

"환자가 살아날 희망은 반반입니다."

의사는 수의 떨고 있는 여윈 손을 잡고 말했다.

"간호만 잘해 주면 당신이 이기는 거예요. 그럼 이만, 나는 이제 아래층에 있는 또 다른 환자를 보러 가야 합니다. 베어먼이라는 사람인데 역시 화가 같더군요. 그도 폐렴 환자예요. 나이가 많고 몸도 쇠약한 사람인데 급성이라서 나을 희망이 없는 것 같아요. 그래도 오늘 입원하면 좀 나아지겠지요."

이튿날 다시 찾아온 의사가 수에게 말했다.

"이제 위험한 고비는 완전히 넘겼어요. 당신이 이겼군요. 앞으로는 영양 섭취와 간호만 잘하면 문제없을 거요."

그날 오후, 수가 침대로 다가가 보니, 존지는 누운 채 쓸모없던 파란 털실로 숄을 짜고 있었다. 존지의 표정은 밝아 보였다. 수는 존지를 껴안았다.

"귀여운 존지, 너한테 할 이야기가 있어."

수는 떨리는 목소리로 말을 덧붙였다.

"베어먼 할아버지가 오늘 병원에서 돌아가셨대. 겨우 이틀 동안 앓고 말이야. 엊그제 아침, 관리인이 아래층에 있는 그분 방에 가 봤더니 할아버지가 몹시 괴로워하고 계셨대. 신발과 옷은 흠뻑 젖어서 얼음처럼 차가웠고. 비바람이 불던 밤에 대체 어디를 갔다 오셨는지 아무도 몰랐어. 그런데 램프의 불이 켜져 있었대. 사다리도 꺼내져 있었고, 초록색과 노란색 그림물감을 푼 팔레트와 붓 몇 자루가 흩어져 있었다는 거야. 존지, 저 담벼락에 붙어 있는 마지막 잎새 좀 봐. 바람이 부는데도 전혀 흔들리지 않는 게 이상하지 않니? 아아, 존지. 저건 바로 베어먼 할아버지의 걸작이야. 마지막 잎사귀가 떨어진 날 밤에 그분이 저 자리에 그려 놓으셨던 거야."

크리스마스 선물

1달러 87센트, 그게 전부였다. 그리고 그 중 60센트는 1센트짜리 동전이었다. 이 돈은 델라가 장을 볼 때마다 채소나 고기를 사면서 조금씩 깎아 모은 것이었다. 가게 주인들은 그녀를 인색한 사람이라고 비난했다. 그들 앞에서 낯을 붉힌 적이 한두 번이 아니었다. 델라는 세 번씩이나 그 돈을 세어 보았다. 여러 번 세어 보았지만 분명 1달러 87센트였다. 크리스마스는 바로 내일로 다가와 있었다.

델라는 조그맣고 초라한 침대에 엎드려서 큰 소리로 우는 수밖에 다른 도리가 없었다. 엉엉 소리 내어 울었다. 그랬더니 삶이란 눈물과 미소로 이루어져 있는데, 그 가운데에서도 훌쩍거리며 우는 일이 더 많다는 말이 떠올랐다.

델라가 흐느끼고 있는 이 집은 일주일에 방세로 8달러를 내는 가구가 딸린 방이었다. 아주 형편없다고 말할 수는 없더라도, 떠돌이들을 단속하는 경찰관이 언제 들이닥칠지 모르는 초라한 곳이었다.

아래층 현관에는 한 번도 편지가 들어 있었을 것 같지 않은 우편함과 아무리 눌러도 소리가 나지 않을 것 같은 초인종이 달려 있었다. 그리고 거기에는 '제임스 딜링검 영'이라고 쓰인 문패가 매달려 있었다.

이 '딜링검'이라는 이름도 방세로 일주일에 30달러씩 낼 만큼 경기가 좋았던 시절에는 산들바람에 늠름하게 흔들렸었다. 수입이 일주일에 20달러로 줄어들자 '딜링검'이라는 글자는 겸손해서 눈에 띄지 않으려는 듯 글자 하나하나가 희미하게 보였다. 그래도 다행인 것은 제임스 딜링검 영 씨가 집에 돌아와서 이층 셋방으로 들어가면, '짐'이라고 다정하게 부르며 따뜻하게 안기는 아내 델라가 있다는 것이었다. 이건 매우 아름다운 모습이었다.

델라는 눈물을 닦고 양 볼에 분을 발랐다. 그녀는 창가에 서서 잿빛 뒷마당의 잿빛 울타리 위를 걸어가는 잿빛 고양이를 멍하니 바라보았다. 내일이 크리스마스인데 사랑하는 짐에게 선물을 사 줄 돈이라고는 겨우 1달러 87센트뿐이었다. 몇 달 동안 한 푼 두 푼 모은 돈이 고작 그 정도였다. 일주일에 20달러로는 아무리 애를 써도 어찌할 도리가 없었다. 지출은 예산을 훨씬 넘었다. 으레 그런 법이다. 그녀한테 가장 소중한 짐의 선물을 살 돈이 겨우 1달러 87센트뿐이라니! 짐에게 무언가 근사한 것을 선물할 계획을 세우면서 얼마나 많은 시간을 즐거워했던가. 무엇인가 훌륭하고 근사하면서 흔하지 않은 것, 짐에게 어울리는 그런 특별한 선물을 하고 싶었다.

창문을 사이에 두고 거울이 있었다. 방세가 8달러짜리인 아파트 같은 데서 흔히 볼 수 있는 거울이었다. 몹시 여위고 민첩한 사람이라야 자신의 모습을 정확히 볼 수 있을 만큼 세로로 길쭉했다. 몸이 홀쭉한 델라이기에 거울을 볼 수 있었다. 그녀는 갑자기 창문에서 몸을 획 돌려 거울 앞에 섰다. 얼굴은 핏기가 없어 창백하게 보였지만 눈은 반짝반짝 빛났다. 델라는 재빨리 머리를 풀어 길게 늘어뜨렸다.

제임스 딜링검 영 부부에게는 소중한 물건이 두 가지 있었다. 하나는 짐이 일찍이 할아버지와 아버지에게서 물려받은 금시계였다. 그리고 다른 하나는 델라의 긴 머리채였다.

만약 시바의 여왕이 건너편 아파트에 살고 있어서, 창문 너머로 델라가 늘어뜨리고 있는 머리채를 본다면 자신의 보석과 보물마저도 아무 가치가 없다고 느낄 것이었다. 또한 만약 솔로몬 왕이 이 아파트 지하실에 온갖 보물을 쌓아 놓고 있는 관리인이어서, 짐이 자기 앞을 지날 때마다 그 금시계를 보게 된다면 부러운 나머지 턱수염을 쥐어뜯고 싶을 것이었다.

그토록 아름다운 델라의 머리채가 황금 폭포의 물결이 빛나듯 어깨 아래로 드리워졌다. 그것은 무릎 아래까지 닿아 마치 긴 웃옷을 걸친 것처럼 보였다. 잠시 뒤에 델라는 신경질적으로 재빨리 머리채를 다시 감아올렸다. 그녀는 잠시 골똘히 생각에 잠긴 듯 가만히 서 있더니, 이윽고 낡고 붉은 융단 위에 눈물을 방울방울 떨어뜨렸다.

델라는 그녀가 걸친 낡은 갈색 외투만큼 낡은 갈색 모자를 썼다. 치맛자락을 펄럭이며 밖으로 뛰어나가는 델라의 두 눈에는 아직도 눈물이 맺혀 있었다. 그녀는 층계를 내려가서 큰길로 나섰다.

델라는 '마담 소프로니'라는 간판이 걸려 있는 모발 상품 전문점 앞에 멈추어 섰다. 단숨에 그곳까지 달려간 델라는 숨을 몰아쉬며 마음을 가라앉혔다.

주인 여자는 몸집이 크고 살결이 하얬는데 쌀쌀맞아 보였다. 아무리 보아도 '소프로니'라는 이름에는 어울리지 않았다.

"제 머리카락을 사시겠어요?"

델라가 물었다.

"모자를 벗고 머리카락을 한번 보여 주세요."

황금빛 머리카락이 폭포수처럼 아래로 흘러내렸다.

"20달러 드리지요."

여주인은 능숙한 솜씨로 머리채를 걷어 올리면서 말했다.

"좋아요. 어서 계산해 주세요."

델라는 조급하게 말했다.

그 뒤 두 시간은 장밋빛 날개를 단 듯 꿈결처럼 지나갔다. 델라는 짐에게 줄 선물을 찾아서 온 가게를 샅샅이 뒤지고 다녔던 것이다.

마침내 그녀는 짐에게 줄 선물을 찾아냈다. 그것은 정말로 다른 누구를 위한 것이 아닌 오로지 짐을 위해 만들어진 것 같았다. 여기저기 돌아다녀 보았지만 어느 가게에도 그런 것은 없었다.

그것은 산뜻하면서도 우아하게 디자인된 백금 시곗줄이었다. 너저분한 장식이 달리지 않았고 품질만으로 그 가치를 당당히 드러낼 수 있을 만큼 훌륭했다. 어떠한 것이든 좋은 물건끼리는 잘 어울리는 것이 당연했다.

델라는 그 시곗줄을 보자마자 짐의 시계와 잘 어울린다고 생각했다. 그것은 분명 짐이 가져야 할 것이었다. 그 시곗줄은 수

수하면서 품위 있는 짐의 이미지와 잘 맞았다.

델라는 시곗줄 값으로 21달러를 치르고, 남은 87센트를 들고 서둘러 집으로 돌아왔다. 짐이 자기 시계에 이 시곗줄을 단다면, 누구 앞에서든지 당당하게 시계를 꺼내 볼 수 있을 것 같았다. 사실 시계는 훌륭했지만 쇠줄 대신 헌 가죽끈을 달고 있었기 때문에 짐은 종종 남몰래 시계를 꺼내 보곤 했다.

그런데 집으로 돌아오자 델라는 들뜬 마음이 점차 가라앉았다. 이성과 분별력을 되찾게 된 것이었다. 델라는 머리를 곱슬곱슬하게 만드는 인두를 달궜다. 남편에 대한 사랑과 애정 때문에 볼품없이 되어 버린 머리를 매만졌다. 이 일은 힘이 드는 엄청난 작업이었다. 정말, 굉장히 힘든 대작업이었다.

40분 정도 지나자 델라의 짧게 자른 머리는 뽀글뽀글 곱슬머리가 되었다. 학교 수업을 빼먹은 말썽꾸러기 아이와 같은 모습이었다. 델라는 거울에 비친 자신의 모습을 한동안 넋을 잃고 바라보았다.

"짐은 나를 보자마자 코니아일랜드의 합창단원 같다고 하겠지. 하지만 하는 수 없잖아. 1달러 87센트로 무엇을 살 수 있었겠어?"

저녁이 되자, 커피를 끓이고, 스토브 위에 프라이팬을 얹고 고기를 굽기 시작했다.

짐은 늦게 돌아온 적이 한 번도 없었다. 델라는 시곗줄을 반으로 접어 손에 쥐고 문 가까이에 있는 탁자에 앉았다. 바로 그때 계단을 밟고 올라오는 짐의 구둣발 소리를 들었다. 그러자 델라는 얼굴이 하얗게 변했다. 그녀는 아무리 사소한 일이라도 늘 마음속으로 기도를 하는 버릇이 있었다.

"오, 하느님! 짐이 제가 여전히 곱다고 생각하게 해 주세요."

마침내 문이 열리더니 짐이 들어왔다. 그는 깡마른 몸집에 매우 성실해 보이는 사람이었다. 짐은 이제 겨우 스물두 살이었지만 가엾게도 가정이라는 무거운 짐을 지고 있었다. 그에게는 새 외투가 필요했고, 장갑도 없었다.

짐은 메추라기 냄새를 맡은 사냥개처럼 꼼짝도 하지 않고 문 앞에 서 있었다. 그의 시선은 델라에게 멈춰져 있었고, 그 눈에는 델라가 느낄 수 없는 감정이 담겨 있었다. 그것은 노여움이나 놀라움도 아니었으며, 비난과 공포도 아니었다. 그녀가 각오하고 있던 그 어떤 감정도 아니었다. 그는 이상야릇한 얼굴빛으로 그녀를 뚫어지게 바라볼 뿐이었다.

델라는 머뭇거리며 그에게 다가섰다.

"짐, 그런 눈으로 보지 마요. 당신에게 꼭 크리스마스 선물을 주고 싶어서 머리카락을 잘라 팔았어요. 머리카락은 금방 자라니까요. 괜찮지요? 다른 방법이 없었거든요. 내 머리는 빨리 자라니까 어서 나에게 '메리 크리스마스!'라고 말해 줘요. 그리고 우리 즐겁게 보내요. 내가 당신에게 주려고 얼마나 멋진 선물을 준비했는지 모를 거예요."

"뭐라고? 머리카락을 잘랐다고?"

짐은 아무리 애써 생각해도 그 명백한 사실을 이해할 수 없다는 듯 힘없는 소리로 간신히 물었다.

"그래요, 머리카락을 팔았어요. 그래도 전과 다름없이 나를 사랑해 주는 거죠? 머리카락이 짧아졌지만 나는 그대로예요. 당신도 그렇게 생각하죠?"

짐은 넋이 나간 듯 방 안을 둘러보았다.

"당신의 긴 머리카락이 이제 없다는 말이지?"

그는 하얗게 질린 얼굴로 힘없이 말했다.

"그렇게 방 안을 두리번거릴 필요 없어요."

델라는 다시 한 번 말했다.

"팔아 버렸으니까요. 팔아서 다시 찾을 수 없는걸요. 짐, 오늘은 크리스마스이브잖아요. 나한테 따뜻하게 대해 주세요. 내 머리카락은 당신을 위해서 없어진걸요."

델라는 부드럽게 숨을 고르며 말을 이었다.

"당신에 대한 나의 사랑은 아무도 헤아릴 수 없어요. 짐, 고기를 올려놓을까요?"

그제야 짐은 문득 정신이 드는 것 같았다. 그는 델라를 힘껏 껴안았다.

일주일에 8달러를 버는 것과 일 년에 백만 달러를 버는 것에는 어떤 차이가 있을까? 수학자나 현자에게 물어도 명확한 답변을 듣기는 어려울 것이었다. 성경에 나오는 동방 박사들도 값진 물건을 가지고 왔지만, 그 물건 가운데에서도 이 애매한 물음에 관한 해답은 없었다.

짐은 외투 주머니에서 조그만 꾸러미 하나를 꺼내어 탁자 위에 놓았다.

"델라, 오해하지 말아 줘. 당신이 머리카락을 잘랐건 머리를 감지 않았건 그런 것 때문에 내가 당신을 사랑하지 않을 수 있겠어? 하지만 저 꾸러미를 풀어 보면, 내가 아까 왜 그렇게 어리둥절해 있었는지 알게 될 거야."

델라의 하얀 손가락이 재빨리 끈을 당겨 포장을 풀었다. 그리고 곧 델라에게서 황홀한 기쁨의 탄성이 터져 나왔다. 그러나 그 소리는 점차 흐느껴 우는 소리로 바뀌었다. 짐은 온 마음을 다하여 델라를 달랬다.

짐이 준비한 선물 꾸러미에는 머리빗이 들어 있었다. 그것은 델라가 브로드웨이의 진열장에서 보고 오래전부터 갖고 싶어 했던 머리빗 한 쌍이었다. 가장자리에 보석을 박은 그 빗은 진짜 별갑으로 만든 것이었다. 그리고 지금은 사라져 버린 그녀의 아름다운 머리카락에 잘 어울리는 빛깔이었다.

그 빗이 값비싸다는 것을 그녀는 알고 있었다. 그러기에 그 빗을 자신이 갖는다는 것은 꿈에도 생각하지 못하고 그저 안타깝게 바라보곤 했었다. 그런 물건이 지금은 그녀의 것이 되었지만, 그 빗으로 아름답게 꾸밀 머리카락이 사라져 버린 것이었다. 그러나 그녀는 빗을 가슴에 품은 채 눈물이 글썽한 눈을 들어 미소 지으며 말했다.

"내 머리는 아주 빨리 자라요."

그러고 나서 델라는 털을 그슬린 새끼 고양이처럼 화들짝 놀라며 자리에서 벌떡 일어섰다.

"오, 내 정신 좀 봐!"

짐은 아직 자기의 아름다운 선물을 보지 못한 것이었다. 델라는 시곗줄을 손바닥에 올리고 떨리는 마음으로 짐에게 내밀었다. 은은한 빛깔의 금빛 시곗줄은 그녀의 밝고 열렬한 마음의 빛을 받아 더욱 반짝이는 듯했다.

"짐, 멋지지 않아요? 이걸 찾느라고 온 시내를 샅샅이 뒤졌어요. 앞으로는 하루에 백 번도 더 시계가 보고 싶어질 거예요. 자, 시계를 주세요. 이 시곗줄이 당신 시계에 얼마나 잘 어울리는지 보고 싶어요."

그러자 짐은 시계를 꺼내는 대신 침대에 털썩 주저앉았다. 그는 머리를 긁적이며, 배시시 웃어 보였다.

"델라, 크리스마스 선물은 당분간 잘 간직해 둡시다. 당장 쓰기에는 지나치게 고급스러운걸. 당신에게 머리빗을 사 주려고 내 시계를 팔았거든. 자, 이제 고기를 올려놓구려."

모두들 알다시피 동방 박사들은 말구유에서 태어난 아기 예수에게 선물을 가져다주었던 현명한 사람들이었다. 사람들이 크리스마스 선물을 주고받게 된 것도 바로 그들에게서 비롯된 것이었다. 그들은 현명한 사람들이었기 때문에 그들의 선물 또한 틀림없이 값진 것이었으리라.

여기에 서로를 위해서 자신의 가장 값진 보물을 희생해 버린, 싸구려 아파트에 살고 있는 짐과 델라의 평범한 이야기를 서투르게나마 늘어놓았다. 그러나 오늘을 사는 현명한 사람들에게 마지막으로 전하고 싶은 말이 있다. 선물을 주는 모든 사람 중에서, 아니 선물을 주고받는 모든 사람 중에서 이들 두 사람이야말로 가장 현명한 사람들이라는 점이다. 짐과 델라는 이 세상에서 가장 현명한 사람들이다. 그들이 바로 동방 박사들이기 때문이다.

이십 년 뒤

순찰 중인 한 경찰관이 큰길을 으스대며 걷고 있었다. 그의 모습은 거만해 보였지만 일부러 그러는 것은 아니었다. 그저 습관일 뿐이었다. 그도 그럴 것이 그를 보고 있는 사람은 아무도 없었으니까 말이다.

시간은 아직 밤 열 시밖에 안 되었는데, 빗방울이 후드득 떨어지는 사나운 비바람 때문에 길을 걷는 사람들의 모습은 거의 보이지 않았다.

경찰관은 늘 해 오던 것처럼 경찰봉을 빙빙 돌리면서 길거리와 집들을 살펴보았다. 어깨를 약간 흔들며 걷는 그의 다부진 체격은 시민들의 안전을 지키기에 적합해 보였다.

이 근방 사람들은 모두 일찍 자고 일찍 일어났다. 가끔 담배 가게나 밤새 문을 여는 노점 식당의 등불이 보이기도 했다. 그러나 사무실은 대부분 일찌감치 문을 닫은 상태였다.

길 한복판에 이르자 경찰관은 갑자기 걸음을 늦추었다. 한 사나이가 불이 붙지 않은 담배를 입에 문 채 불 꺼진 철물점 담벼락에 기대어 서 있었던 것이다.

경찰관이 다가가자 그 사나이는 허둥지둥 말을 건넸다.

"아무 일도 없었습니다."

사나이는 경찰관을 안심시키려는 듯 서둘러 말했다.

"전 지금 그저 친구를 기다리고 있을 뿐입니다. 이십 년 전에 한 약속이죠. 좀 이상하다고 생각하시겠죠? 어쩌면 헛소리를 하고 있다고 여기실지도 모르니까 사정 이야기를 들려 드리겠습니다. 이십 년 전 바로 이 자리에는 음식점이 있었어요. 별명이 '빅 조'였던 브레디가 경영하던 음식점 말입니다."

"아하, 그 음식점이라면 오 년 전만 해도 이 자리에 있었소."

경찰관은 잘 알고 있다는 표정을 지으며 말을 이었다.

"어찌된 일인지 그 뒤에 헐려 버렸소."

기대어 서 있던 사나이는 성냥을 그어 담배에 불을 붙였다. 그 불빛에 눈이 날카롭고 턱이 네모진 창백한 얼굴이 드러났다. 오른쪽 눈썹 가까이에는 조그만 상처 자국이 있었다. 넥타이핀에는 큼지막한 다이아몬드가 박혀 있었다.

"꼭 이십 년 전 오늘 밤 일이지요."

사나이가 입을 열었다.

"나는 '빅 조' 브레디의 음식점에서 지미와 함께 저녁을 먹었습니다. 지미는 이 세상에 둘도 없는 가장 친한 친구였습니다. 그 친구하고 저는 이 뉴욕에서 함께 자랐거든요. 형제나 다름없었죠. 제가 열여덟 살이고, 지미가 스무 살이었어요. 그때 저는 한밑천 잡아 보려고 서부로 떠나기로 마음먹었지요. 하지만 지미는 무슨 일이 있어도 뉴욕을 떠나지 않겠다고 하더군요. 그 친구는 이곳만이 살기 좋은 곳이라는 생각을 하고 있었으니까요. 그래서 그날 밤 우리는 약속을 했답니다. 어떤 처지에 놓이더라도, 또 아무리 먼 곳에 있더라도 이십 년이 지난 뒤 오늘 이 시각에 여기에서 만나자고요. 이십 년 뒤에는 서로 어떤 사람이 되어 있을지는 몰라도 우리의 운명이 어느 정도 확실해져 있을 테고, 어쩌면 출세도 했을 거라고 생각한 겁니다."

"참 재미있는 사연이군."

경찰관이 말했다. 그는 다시금 덧붙였다.

"한데, 다시 만나기에는 헤어진 시간이 너무 길었던 것 같소. 당신이 서부로 떠난 뒤에 그 친구한테서 소식은 있었소?"

"물론 있었죠. 얼마 동안은 서로 편지를 주고받곤 했습니다."

사나이는 말했다.

“하지만 한 해 두 해 지나다 보니 그만 소식이 끊기고 말았습니다. 잘 아시다시피 서부라는 곳이 엄청나게 크고 복잡한 곳이잖아요. 이것저것 일거리가 많은 곳이지요. 덕분에 저는 부지런히 일을 하며 정신없는 나날을 보냈습니다. 어쨌든 지미는 반드시 저를 만나러 이곳으로 올 겁니다. 그 녀석은 거짓말을 안 하는 의리 있는 친구니까요. 약속을 잊을 리가 없습니다. 저는 오늘 밤 이 자리에서 지미를 만나기 위해 수천 킬로미터를 달려왔거든요. 하지만 그 녀석이 나와 주기만 한다면 그만한 보람이 있는 셈이지요.”

옛 친구를 기다리는 사나이는 근사한 회중시계를 꺼내 시간을 보았다. 시계 뚜껑에는 작은 다이아몬드가 박혀 있었다.

“열 시 3분 전이군요.”

사나이가 덧붙여 말했다.

“우리가 이 음식점 앞에서 헤어진 것이 열 시 정각이었죠.”

“그래, 서부에 가서 재미는 좋았소? 한밑천 잡았겠군?”

경찰관이 물었다.

“물론이죠! 지미가 저의 절반만큼이라도 잘살고 있었으면 좋겠어요. 꼼꼼한 녀석이지만 워낙 착해서요. 서부에서는 남의 돈을 빼앗으려고 덤비는 약삭빠른 놈들과 싸워야 합니다. 뉴욕에서야 사람들이 날마다 판에 박힌 것처럼 똑같은 일을 하지만, 서부에서는 살아남으려면 잠시도 맘을 놓아서는 안 되죠."

경찰관은 경찰봉을 빙빙 돌리면서 두세 걸음 걸어갔다.

"자아, 나는 이제 그만 가 봐야겠소. 당신 친구가 약속대로 오면 좋겠군. 그런데 약속 시간까지만 기다릴 거요?"

"아니죠, 그보다 더 기다려야죠!"

사나이는 다시 말했다.

"적어도 삼십 분은 더 기다릴 겁니다. 이 세상에 살아 있기만 하다면 지미는 반드시 그때까지는 올 테니까요. 안녕히 가십시오, 경찰관 나리."

"그럼 행운을 빌겠소."

경찰관은 이렇게 말하고 이따금 집 대문들을 살펴보면서 순찰 구역을 지나갔다.

가늘고 차가운 안개비가 내리기 시작했다. 그때까지 이따금 불던 바람이 이제는 제법 쌀쌀해졌다. 길거리를 걷고 있는 몇 안 되는 사람들은 입을 다물고 옷깃을 여미고 호주머니에 손을 찌르고서 발걸음을 서둘렀다. 그리고 철물점 앞에서는 젊은 시절에 친구와 한 약속을 지키려고 먼 곳에서 달려온 사나이가 담배를 피우며 친구를 기다리고 있었다.

그는 그렇게 이십 분쯤 기다리고 있었다. 그러자 그때 외투

깃을 귀밑까지 세운 키 큰 사나이가 건너편에서 빠른 걸음으로 건너왔다. 그는 친구를 기다리고 있는 사나이 쪽으로 곧장 다가왔다.

"자네가 밥인가?"

그는 의심스러운 듯이 물었다.

"지미 웰즈인가?"

철물점 앞에서 기다리던 사나이가 큰 소리로 외쳤다.

"이거 놀라운걸!"

방금 온 사나이가 상대방의 두 손을 잡고 소리쳤다.

"틀림없이 밥이구나. 무슨 일이 있어도 우리가 살아 있으면 반드시 여기서 다시 만날 줄 알았지. 어쨌든 이십 년이 흘렀군! 정말 긴 세월이지. 그 음식점은 없어졌어, 밥. 그대로 있었으면 훨씬 더 좋았을 텐데. 그랬다면 그때처럼 거기서 함께 저녁을 먹을 수 있었을 텐데 말이야. 그래 서부는 살기 어땠나?"

"서부야 정말 대단하지. 바라는 건 뭐든지 얻을 수 있는 곳이니까. 그건 그렇고 지미, 너도 꽤 변했구나. 나보다 훨씬 키가 크리라고는 생각하지 못했어."

"스무 살이 넘어서도 키가 계속 자라더군."

"그래, 뉴욕에서는 어떻게 지내고 있었어, 지미?"

"그럭저럭 잘 지냈지. 지금은 시청에서 일하고 있다네. 자 어서 가자, 밥. 내가 잘 아는 집이 있거든. 거기 가서 우리 옛날 이야기라도 천천히 하자."

두 사람은 팔짱을 끼고 큰길로 나섰다. 서부에서 온 사나이는 자기가 성공하고 출세한 얘기를 자랑스럽게 늘어놓기 시작했다. 지미는 외투 깃에 얼굴을 가린 채 흥미 깊게 밥의 이야기를 들었다.

그때 길모퉁이에 전등이 환하게 빛나고 있는 약국이 보였다. 그 밝은 등불 밑에 이르자 두 사람은 동시에 얼굴을 쳐다보았다.

그러자 서부에서 온 사나이가 갑자기 걸음을 멈추고 팔짱을 풀었다.

"당신은 지미 웰즈가 아니야."

그는 물어뜯을 것처럼 외쳤다.

"이십 년이라는 세월이 아무리 길어도, 그렇다고 매부리코가 이렇게 납작하게 주저앉을 리는 없지."

"하지만 그 이십 년의 세월이 때로는 착한 사람을 악한 사람으로 바꿀 수는 있지."

키 큰 사나이는 당황하지 않고 대꾸했다.

"밥, 당신은 지금 나한테 체포된 거야. 실은 당신이 이쪽으로 올 것 같다고 시카고에서 전보를 보냈지. 얌전히 따라올 텐가?

그게 신상에 좋을 거야. 그런데 경찰서에 가기 전에 당신한테 전해 달라고 부탁받은 편지가 있으니, 이 진열장 밑에서 읽어 보지 그래. 순찰계 웰즈 경찰관이 쓴 편지야."

서부에서 온 사나이는 그가 건네주는 조그만 종이쪽지를 펼쳤다. 편지를 읽을 무렵에는 담담하던 그의 손이 점점 떨리기 시작했다. 편지는 매우 짧았다.

밥에게

나는 약속한 시각에 바로 그 장소에 갔었네. 자네가 담배에 불을 붙이려고 성냥을 켰을 때, 나는 자네가 시카고에서 지명 수배 된 사나이임을 알았네. 하지만 아무래도 내 손으로 자네를 체포할 수는 없더군. 그래서 한 바퀴 순찰을 돌고 와서 사복 경찰에게 대신 부탁을 한 것이라네.

지미가

붉은 추장의 몸값

왠지 너무 쉽다고 생각했지. 아하, 조급하게 굴지 말게. 지금부터 얘기할 테니까. 이 납치 사건의 실마리는 나와 빌 드리스콜이 남부의 앨라배마에 갔을 때 찾았어. 나중에 빌이 말했듯이, 정말 아무도 모르게 도깨비에 홀려 버린 거지. 깨달았을 때는 이미 늦었고 말이야.

앨라배마에는 핫케이크처럼 납작한 마을이 하나 있어. 그래도 이름은 거창하게 '정상(頂上)'이라네. 그곳 주민은 모두 농민인데, 오월 축제의 무도회를 보려고 모여든, 온순한 얼굴을 한 좋은 사람들뿐이더군.

나와 빌은 둘이 합쳐서 6백 달러쯤 밑천을 마련했지. 그런데

서부 일리노이 근처에다 사기 복덕방을 차려 한몫 잡으려면, 아무래도 이천 달러는 더 필요했어. 우리는 여관 입구에 앉아서 의논을 했지. 그 결과 이런 시골 마을 사람들은 자식을 사랑하는 마음이 더 강할 것이라는 얘기를 하게 됐지. 그러다가 뭐 다른 여러 이유도 있었지만 어린아이 하나를 유괴해 보는 것도 괜찮겠다고 생각하게 된 거야. 사건이 터져도 마구 떠들어 댈 만큼 신문사의 힘이 크게 미치는 마을이 아닐 테니까. 그러니 이런 시골 마을이 유괴하기에는 딱 좋다고 생각했지. 서미트 마을 정도라면 기껏해야 얼빠진 경찰견 몇 마리를 앞세운 순경들이 우리를 뒤쫓을 테니까. 아니면 '주간 농업 신문'에서 한두 번 호되게 떠들어 대고 말 거라 생각했지. 그래서 이거 수지맞는 장사라 여겼던 거야.

우리는 이 마을 유지인 '애브리저 도시트'라는 영감의 외아들을 점찍었지. 그 아이 아버지는 제법 부자였는데, 자린고비인 데다 고리대금업을 하고 있더군. 교회에 헌금으로 돈 한 푼 내 본 적 없고, 저당 잡은 물건은 기한이 지나면 사정없이 처분해 버리는 그런 놈이었어. 그 아들 녀석은 열 살이었는데, 얼굴에는 자잘한 주근깨가 많았고, 머리칼은 기차역 매점에서 사 볼 수 있는 잡지 표지 같은 빛깔이었어. 이런 녀석 같으면 몸값으로 이천 달러는 충분히 받아 낼 수 있을 거라고 나와 빌은 생각했던 거야. 자아, 조금만 참아 보시게. 지금부터 얘기를 시작할 테니까.

서미트에서 어림잡아 3킬로미터쯤 떨어진 곳에 삼나무가 무성하고 조그만 언덕이 하나 있었다. 이 언덕 뒤쪽 조금 높다란 곳에 동굴이 하나 있었는데 우리는 거기에다 먹을거리를 숨겨 두었다.

어느 날 저녁, 해가 저문 뒤에 우리는 마차를 타고 도시트 영감네 집 앞을 지나갔다. 아들 녀석이 길가에 나와서 담 위에 올라앉아 있는 새끼 고양이를 향해 돌멩이를 던지고 있었다.

"얘, 꼬마야!"

빌이 도시트 영감의 아들을 불렀다.

"과자 먹고 싶지 않니? 얼마든지 사 줄 테니 마차에 타렴."

그러자 그 꼬마 녀석은 벽돌 조각을 집어 빌의 눈언저리에다 던졌다.

"날 이렇게 만들었으니, 그놈의 영감쟁이한테 오백 달러는 더 받아 내야겠어."

빌은 마차 바퀴를 밟고 올라타면서 투덜거렸다.

개구쟁이는 웰터급 흑곰처럼 날뛰었지만, 결국 우리는 꼬마를 마차에다 밀어 넣고 줄행랑을 쳤다. 이 녀석을 동굴까지 데

리고 와서, 말을 삼나무 숲 속에다 매어 놓았다.

어두워진 뒤에 나는 5킬로미터쯤 떨어진 마을로 가서 빌려온 마차를 돌려주고 걸어서 산으로 돌아왔다.

빌은 긁히고 멍든 얼굴에다 반창고를 붙이고 있었다. 동굴 입구에 있는 큼직한 바위 뒤에서는 모닥불이 타고 있었고, 꼬마는 붉은 머리털에 매의 꽁지깃 두 개를 꽂은 채, 부글부글 끓고 있는 커피 주전자를 가만히 들여다보고 있었다. 내가 가까이 가자 꼬마는 막대기를 들이대면서 소리쳤다.

"야, 이 백인 놈아. 이 평원에서 이름만 대면 우는 아이도 뚝 그친다는, 무서운 붉은 추장의 진지에 감히 인사도 없이 들어온단 말이냐!"

"이 꼬마 녀석은 지금 아주 신이 나 있어."

빌이 바지를 걷어 올려 정강이의 멍든 곳을 살피며 말했다.

"인디언 놀이를 하고 있다네. 이것에 비하면 버팔로 빌의 연극은 마을 공회당에서 환등기로 보여주는 팔레스타인 풍경만도 못할걸. 나는 덫으로 새나 짐승을 잡는 사냥꾼 올드 헝크인데, 붉은 추장한테 사로잡혀 내일 새벽엔 머리 껍질이 홀랑 벗겨진다는 거야. 내 참, 이 개구쟁이한테 채여 보라고! 꽤 아프다니까."

정말로 꼬마는 매우 신이 나 있는 것 같았다. 동굴에서 야영하는 재미에 빠져서, 자신이 유괴되어 와 있다는 것도 까맣게 잊고 있었다. 꼬마는 그 자리에서 내가 스파이라며 '뱀눈'이라는 이름을 붙여 주었고, 곧 부하들이 싸움을 끝내고 돌아오면, 내일 아침 해가 떠오를 때 나를 불태워 죽이겠다고 선언까지 했다.

그러고 나서 우리는 저녁을 먹었다. 꼬마는 베이컨과 빵과 고기 국물을 입 가득히 쑤셔 넣으면서 지껄여 댔다. 꼬마는 식사를 하면서 대충 이러한 얘기를 했다.

"난 이런 일이 굉장히 재밌어. 한 번도 야영을 해 본 적이 없는걸. 하지만 주머니쥐를 잡아서 기른 일은 있어. 난 얼마 전에 생일이 지났으니까 이젠 아홉 살이야. 학교에 가는 건 정말 지겨워! 쥐가 말이야, 지미 놀버트 아줌마네 달걀을 여섯 개나 먹어 버렸어. 이 숲에는 진짜 인디언들이 있어? 고기 국물 더 줘. 나무가 움직여서 바람이 부는 거야? 우리 집에는 강아지가 다섯 마리나 있어. 헝크, 넌 코가 왜 그렇게 빨갛지? 우리 아빠는 돈이 무지무지하게 많아. 별은 뜨거워? 토요일에 난 에드 워커를 두 번이나 두들겨 패 줬지. 계집애들은 싫어. 너희들은 노끈 없이는 두꺼비를 못 잡지? 황소도 울어? 오렌지는 어째서 동그랗지? 이 동굴에는 침대가 없나 봐? 에이머스 메어리의 발가락은 여섯 개야. 앵무새는 말을 할 줄 아는데, 원숭이나 물고기는 못해. 얼마에 얼마를 보태야 열둘이 되는지 알아?"

이삼 분마다 꼬마는 자기가 눈치 빠른 인디언이라는 걸 생각해 내고는, 막대기 총을 집어 들고 동굴 입구까지 살금살금 걸어가서는, 혹시 못된 백인 척후병이 있는가 하고 목을 길게 빼곤 했다. 이따금 인디언처럼 함성을 지르는 바람에 사냥꾼 올드 헝크를 부들부들 떨게 했다. 꼬마는 처음부터 아예 빌의 혼을 빼 놓았던 것이다.

"붉은 추장."

나는 꼬마에게 말을 걸었다.

"집에 가고 싶지 않니?"

"왜?"

꼬마는 퉁명스럽게 대답했다.

"집에서는 재미있는 게 하나도 없어. 학교 가기도 지긋지긋하고. 이렇게 야영하고 있는 것이 얼마나 좋은데. 이봐, 뱀눈, 혹시 날 집으로 데리고 가진 않겠지?"

"지금 당장은 아냐. 여기 동굴에서 좀 더 지낼 거야."

"야, 신 난다! 이렇게 재미있는 일은 태어나서 처음이야."

열한 시쯤 우리는 잠자리에 들었다. 홑이불을 몇 장 깔아 붉은 추장을 가운데에 누이고 넓은 담요를 덮어 주었다. 꼬마가 달아날 걱정은 없었다. 달아나기는커녕 벌떡벌떡 일어나서 총을 집어 들고는 나와 빌의 귀에다 대고, "쉬잇, 가만히 있어!" 하고 빽빽 소리를 지르는 바람에 우리는 세 시간 동안이나 잠을 잘 수 없었다. 어디서 나뭇가지 부러지는 소리가 나거나 나뭇잎이 바스락거리기만 해도 꼬마는 어린이다운 공상이 발동하여 무법자의 무리가 습격해 왔다고 생각하는 것이었다. 마침내 편하지 못한 상태로 가까스로 눈을 붙여 잠이 들었는데, 이번에는 내가 머리가 붉고 사나운 해적에게 납치되어 나무에 꽁꽁 묶이는 꿈을 꾸었다.

막 날이 밝을 무렵, 빌이 연거푸 날카롭게 비명을 지르는 바람에 눈을 떴다. 그것은 부르짖는 소리도, 외치거나 짖어 대는 소리도 아니었다. 그렇다고 고함을 지르거나 울부짖는 것도 아닌 남자의 발성 기관에서 나온다고는 상상도 할 수 없는 소리였다. 그저 여자가 귀신이나 송충이를 보았을 때 낼 법한 듣기 흉하고, 겁에 질린 듯한 짜증스런 비명이었다. 이른 새벽 동굴 속에서 겁을 모르는 건장한 사내가 질러 대는 비명을 쉴 새 없이 듣는다는 건 정말로 보통 끔찍한 일이 아니었다.

무슨 일이라도 생겼나 해서 나는 벌떡 일어났다. 붉은 추장이 빌의 가슴 위에 걸터앉아 한 손으로 빌의 머리칼을 꽉 움켜잡고 있었다. 다른 손에는 베이컨을 자를 때 쓰는 시퍼렇게 날이 선 칼을 쥐고 있었다. 꼬마는 간밤에 말한 대로, 정말로 빌의 머리

가죽을 벗기려 했던 것이었다.

나는 꼬마에게서 칼을 빼앗은 다음, 다시 자리에 눕혔다. 그러나 이 일이 있은 뒤로 빌은 얼이 빠져 버리고 말았다. 제자리에 가 누웠지만, 꼬마가 곁에 있는 한 다시는 눈을 감으려 하지 않았다. 나는 잠깐 자는 둥 마는 둥 하다가 날이 훤히 샐 무렵 문득, 붉은 추장이 해가 떠오를 때 나를 불태워 죽이겠다고 말한 것이 생각났다. 겁이 나거나 무서워서가 아니라 아무튼 나는 일어나서 파이프에 불을 붙여 물고는 바위에 기대어 앉았다.

"샘, 왜 이렇게 일찍 일어난 거야?"

빌이 물었다.

"나 말인가? 어깨가 좀 뻐근해서 말이야. 일어나 앉아 있으면 좀 나을까 싶어서."

"거짓말 마! 자네, 겁나는 거지? 해가 떠오를 때 불태워 죽이겠다는 말을 들었으니까. 정말 당할까 봐 겁이 나서 그러지? 정말이지 꼬마 녀석, 성냥만 있으면 충분히 하고도 남을 것 같아. 이거 정말 큰일 났는걸? 샘, 저런 개구쟁이 녀석을 집으로 데려가려고 돈을 내는 놈이 있을까?"

"그야 있지. 저런 개구쟁이일수록 부모들은 더 귀여워하게 마련이야. 자, 붉은 추장을 깨워 함께 아침밥을 짓게나. 그동안에 나는 산꼭대기에 올라가서 마을을 살피고 올 테니까."

나는 조그만 언덕 꼭대기로 올라가서, 눈에 들어오는 곳까지 마을을 둘러보았다. 서미트 마을 쪽을 보면서 풀 베는 낫과 갈퀴 같은 것으로 무장한 힘 좋은 농부들이 못된 유괴범을 찾아 구석구석을 헤매는 모습이 보이리라 기대하고 있었다. 그런데 눈에 들어오는 것은 한 농부가 짙은 암갈색의 노새를 몰며 밭을 갈고 있는 한가로운 정경뿐이었다. 개울 바닥을 뒤지는 사람도 없었고, 미칠 듯이 괴로워하는 부모에게 슬픈 소식을 알려 주는 심부름꾼의 모습도 보이지 않았다. 눈앞에 펼쳐진 앨라배마에는 한적하고 노곤한 졸음만이 번져 있을 뿐이었다.

'아마도 우리에서 놀고 있는 귀여운 어린양을 늑대들이 훔쳐가 버린 줄을 아직 모르나 보지. 하느님, 늑대들에게 은혜를 베풀어 주소서!'

나는 속으로 이렇게 생각했다. 그리고 아침을 먹으러 산에서 내려왔다.

동굴로 들어가 보니, 빌은 동굴 한쪽 벽에 몰려 등을 기댄 채 숨을 헐떡이고 있었다. 꼬마는 야자열매 반절쯤 되는 돌을 들고서 빌을 때리겠다며 달려들고 있었다.

"이 녀석이 내 등에다 시뻘겋게 익은 감자를 집어넣었어!"

빌이 볼멘소리를 했다.

"그러고는 발로 그걸 마구 으깨어 버리는 거야. 그래서 귀싸

대기를 올려 줬지. 샘, 자네 총 가지고 있지?"

나는 꼬마의 손에서 돌을 빼앗고는 간신히 싸움을 수습했다.

"두고 봐!"

꼬마는 빌에게 씩씩거렸다.

"붉은 추장을 때린 놈은 반드시 그 복수를 받고 말 테니까. 앞으로 조심하라고!"

꼬마는 분이 풀리지 않은 듯 빌에게 단호하게 말했다.

아침을 먹은 뒤에 꼬마는 주머니에서 노끈을 둘둘 말아 놓은 가죽 조각을 꺼내더니, 노끈을 풀면서 동굴 밖으로 나갔다.

"이번엔 또 무슨 장난을 치려는 걸까?"

걱정스러운 듯 빌이 말했다.

"샘, 설마 저 녀석 달아나진 않겠지?"

"그건 염려 마. 집에 빨리 가고 싶어 하는 것 같지도 않으니까. 그건 그렇고 몸값을 받아 낼 계획을 짜야겠어. 서미트 마을에서는 꼬마가 없어졌다는 걸 모르는 모양이야. 식구들은 저 녀석이 간밤에 제인 아주머니나 이웃집에 가서 잤을 거라 생각하나 봐. 아무튼 오늘쯤이면 없어진 줄 알게 될 테지. 밤에는 저 녀석 아버지에게 편지를 써야겠어. 꼬마를 돌려받는 조건으로 이천 달러를 내라고 말이야."

바로 그 순간, 다윗이 골리앗을 쓰러뜨렸을 때 질렀을 법한 함성을 떠올리게 하는 고함 소리가 들려왔다. 붉은 추장이 주머니에서 꺼낸 것은 돌팔매질에 쓰는 끈이었고, 녀석은 그걸 자기 머리 위로 빙빙 돌리고 있었다.

나는 재빨리 몸을 피했으나, 쿵 하는 소리가 들리더니 빌이 말이 안장을 벗길 때 내는 신음 소리를 내며 끙끙댔다. 검둥이의 머리 같은 달걀만 한 돌이 빌의 왼쪽 귀 뒤에 명중한 것이었다. 빌은 그대로 뻗으면서 때마침 접시를 닦으려고 물을 끓이던 솥을 뒤엎으며 불 속에 쓰러졌다. 나는 빌을 옮겨 눕히고 삼십 분 동안이나 찬물을 머리에 끼얹었다.

이윽고 빌이 깨어났다. 그리고 귀 뒤를 만지면서 말했다.

"샘, 내가 성경에 나오는 인물 가운데 누구를 가장 좋아하는지 알고 있나?"

"자, 진정하라고. 곧 나을 테니까."

"헤롯 왕이야. 이봐, 샘. 설마 나 혼자 여기에 두고 가 버리진 않겠지?"

나는 밖으로 나와서 꼬마 녀석을 붙잡고는 주근깨에서 따다닥따다닥 소리가 나도록 때려 주었다.

"얌전히 굴지 않으면 널 당장 집으로 쫓아 보낼 테다. 얌전하게 굴래, 안 굴래?"

"난 그냥 장난으로 그랬는데."

꼬마는 시무룩해져서 말했다.

"올드 헝크를 다치게 하려고 했던 것은 아니야. 그렇지만, 왜 헝크는 나를 때렸지? 뱀눈, 나를 집으로 보내지 않겠다고 약속하면 얌전히 있을게. 그리고 오늘 블랙 스카우트 놀이를 시켜 준다면 말이야."

"나는 그런 놀이 할 줄 몰라. 빌 아저씨한테 말해 봐. 오늘은 빌 아저씨하고 노는 거야. 나는 일이 있어 다녀올 곳이 있거든. 자, 그럼 안으로 들어가서 아저씨한테 사과하렴. 아저씨를 다치게 해서 미안하다고 말해. 그렇지 않으면 당장 집으로 쫓아 보낼 테다."

나는 꼬마와 빌을 악수시켰다. 그러고는 빌을 따로 불러서, 이 동굴에서 5킬로미터쯤 떨어진 포플러 클럽이라는 조그만 마을에 가서, 유괴 사건에 대해 서미트 마을에서 어떤 반응을 보이는지 알아보고 오겠다고 말했다. 그리고 오늘 안으로 도시트 영감에게 강경한 어투로 편지를 써서 몸값을 요구하고 그 지불 방법을 알려 주는 게 좋겠다고 말했다.

"이봐, 샘. 여태껏 나는 말이야 지진, 화재, 태풍 따위를 가리지 않고, 도박, 경찰의 일제 단속 심지어는 열차 강도질까지 무슨 일이든 가리지 않고 자네를 도와 왔어. 저 두 발 달린 망나니 꼬마 녀석을 여기 끌고 오기 전까지는 겁먹어 본 적이 없다고.

난 이제 저 녀석한테는 두 손 바짝 들었어. 샘, 나는 저 녀석하고 오랫동안 단둘이 있고 싶지 않아."

"점심때가 조금 지나면 돌아오게 될 거야. 내가 돌아올 때까지 저 꼬마와 잘 놀아 주고, 얌전히 있게 만들어 봐. 그럼, 도시트 영감에게 보낼 편지를 써야겠다."

빌과 나는 종이와 연필을 꺼내서 편지를 쓰기 시작했다. 그러는 동안 붉은 추장은 담요를 몸에 두르고 점잔을 빼면서 이리저리 걸어 다니며 동굴 입구를 감시하는 것이었다. 빌은 몸값을 이천 달러가 아니라 천오백 달러만 받자고 했다.

"내가 뭐 부모의 애정이라는, 누구나 다 아는 도덕적인 면을 트집 잡을 생각은 손톱만큼도 없지만 말이야. 그래도 우리는 사람을 상대로 하는 거잖아. 저렇게 주근깨가 다닥다닥 붙고 살쾡이 같은 사십 파운드짜리 덩어리 하나로 이천 달러나 받을 수는 없을 거야. 순순히 내놓을 사람도 없을 테고. 그래서 말인데, 천오백 달러가 좋을 것 같아. 모자라는 건 내 몫에서 빼도 좋아!"

그래서 빌을 안심시키기 위해 나도 그의 말에 따랐고, 둘이서 다음과 같은 편지를 썼다.

애브리저 도시트 귀하

우리는 당신 아들을 서미트 마을에서 멀리 떨어진 곳에다 숨겨 두었소. 당신이나 아무리 유능한 탐정이라도 아들을 찾아내려고 애써 봐야 아무 소용없을 것이오. 분명히 말하건대, 아들을 찾을 수 있는 길은 오직 한 가지뿐이오. 자, 다음을 잘 읽어 보시오.

아들을 돌려받는 조건으로 우리에게 천오백 달러를 주시오. 이 돈을 정각 열두 시에 당신의 회답과 함께 아래 적혀 있는 장소의 상자 속에 넣어 두시오. 이 조건을 받아들인다면, 오늘 저녁 여덟 시에 심부름꾼을 시켜 회답을 서면으로 적어 보내시오.

포플러 클럽 마을로 가는 큰길의 아울크리크를 건너면, 오른쪽 보리밭 울타리 가까이에 약 이백 야드 간격으로 나무 세 그루가 서 있소. 그 세 번째 나무의 맞은편 울타리 말뚝 밑에 조그만 마분지 상자가 놓여 있을 거요. 당신이 보낸 심부름꾼은 이 상자에 회답을 넣고, 즉시 서미트 마을로 돌아가야 하오.

만일 당신이 우리의 말을 듣지 않고 다른 마음을 먹는다면, 당신은 두 번 다시 아들을 만날 수 없게 될 것이오.

당신이 우리 말대로 돈을 준다면, 당신 아들을 세 시간 내에 무사히 집으로 돌려보내겠소.

처음이자 마지막으로 이 조건을 제시하는 것임을 명심하

시오. 만일 이에 응하지 않는다면, 앞으로는 일절 연락을 하지 않겠소.

겁이 없는 두 사람이.

나는 편지 봉투에 도시트 영감네 주소를 쓰고 주머니에 쑤셔 넣었다. 막 떠나려 하는데, 꼬마가 내게 다가와서 이렇게 말했다.

"뱀눈, 아저씨가 없는 동안 블랙 스카우트 놀이를 해도 된다고 그랬지?"

"그래, 해도 돼. 빌 아저씨가 같이 놀아줄 거다. 그런데 그게 대체 어떤 놀이냐?"

"내가 블랙 스카우트가 되는 거야."

붉은 추장은 신이 나서 설명했다.

"개척지 마을의 방위 울타리까지 달려가서 인디언이 쳐들어오는 것을 알려 줘야 해. 난 이제 인디언 놀이는 하고 싶지 않아. 대신 블랙 스카우트가 되고 싶단 말이야."

"그래, 알았다. 그렇게 어려운 놀이는 아니구나. 빌 아저씨가 그 성가신 야만인들을 무찌르는 걸 도와줄 거야."

"그렇다면 날더러 뭘 하라는 거지?"

좀 수상쩍다는 듯이 빌이 꼬마를 쳐다보며 물었다.

"아저씨는 말이 되는 거야."

블랙 스카우트는 대꾸했다.

"손과 무릎을 땅에 대고 엎드리면 돼. 말이 없으면 울타리까지 달려갈 수가 없잖아?"

"계획이 어느 정도 진행될 때까지는 꼬마를 즐겁게 해 주는 게 좋을 것 같아."

나는 빌에게 귀띔했다.

"적당히 놀아 줘."

빌은 손과 무릎을 땅에 대고 엎드려 말이 되었다. 그의 눈빛은 덫에 걸린 토끼처럼 잔뜩 겁을 먹고 있었다.

"꼬마야, 방위 울타리까지 얼마나 가야 하니?"

빌은 쉰 목소리로 물어보았다.

"90마일이야."

블랙 스카우트는 대답했다.

"그러니 늦지 않게 도착하려면 부지런히 가야 한다고. 자, 어서 달려!"

블랙 스카우트는 빌의 등에 훌쩍 올라타더니, 발꿈치로 그의 옆구리를 찼다.

"샘, 제발 될 수 있는 대로 빨리 돌아와 주게나. 몸값을 천 달러 이하로 할 걸 그랬나 봐. 야, 차지 마! 계속 차면 일어나서 실컷 패 줄 거야."

나는 포플러 클럽까지 걸어갔다. 우체국을 겸한 잡화 가게에 앉아, 장사하러 나온 마을 사람들과 얘기를 나눴다. 얼굴에 수염이 텁수룩하게 난 남자가 애브리저 도시트 영감의 아들이 길을 잃었는지 유괴를 당했는지 해서 소동이 났다는 얘길 했다. 내가 알고 싶어 한 것은 바로 이것이었다. 그래서 나는 담배를 사고 또 완두콩 값을 물어보는 척하다가 다른 사람 몰래 편지를 우체통에 슬쩍 넣고는 밖으로 나왔다. 한 시간쯤 있으면 집배원이 서미트 마을로 가서 편지를 배달하게 될 것이라고 우체국장이 말했다.

동굴로 돌아와 보니, 빌과 꼬마가 보이지 않았다. 동굴 근처를 샅샅이 찾아본 뒤에 위험을 무릅쓰고 한두 번 큰 소리로 외쳐 보기도 했지만 도무지 대답이 없었다. 그래서 나는 파이프에 불을 붙이고 이끼 낀 둑에 앉아 잠시 기다리기로 했다.

삼십 분쯤 지났을 때, 덤불이 바스락거리더니 빌이 동굴 앞에 있는 조그만 빈터에서 비틀거리며 걸어 나왔다. 그 뒤를 꼬마가 빙글빙글 웃으면서, 척후병처럼 발자국 소리를 죽이고 따라왔다. 빌은 갑자기 걸음을 멈췄다. 그러더니 모자를 벗고 붉은 손수건으로 얼굴을 닦았다. 꼬마도 빌의 몇 걸음 뒤에서 멈춰 섰다.

"샘."

빌은 나를 불렀다.

"자네가 나를 배신자라고 생각해도 어쩔 수 없어. 누가 뭐라 해도 난 남자야. 남자의 오기도 있단 말일세. 남에게 짓밟히고서 잠자코 물러날 내가 아냐. 하지만 때론 오기고 배짱이고 모두 다 내팽개쳐 버릴 때가 있단 말이야. 꼬마는 가 버렸어. 내가 집으로 돌려보냈지. 이제 모든 게 끝났어."

빌은 재촉했다.

"옛날 순교자들은 눈앞에 있는 이득을 포기하느니 차라리 죽는 편이 낫다고 말하기도 했지. 하지만 그자들은 나만큼 고통을 겪어 보지는 않았을 거야. 나 역시 우리의 약탈품을 지키기 위해 애를 써 봤지만, 모든 일에는 한계가 있다는 것을 깨달았어."

"빌, 내가 없는 동안 무슨 일이 있었던 거야?"

나는 어리둥절하기만 했다.

"나는 꼬마 녀석을 태우고 방위 울타리까지 한 치의 어긋남도 없이 정확하게 90마일을 달려갔지."

빌은 애써 설명했다.

"그렇게 달려 개척자들을 무사히 구출해 내자 내게 말먹이를 준답시고 모래를 주는데 그걸 어떻게 먹겠나. 그런 뒤 한 시간 동안이나 꼬마에게 시달렸지. 어째서 구멍 속은 텅 비었느냐, 길이 왜 두 갈래로 갈렸느냐, 또 무슨 까닭으로 풀이 초록빛인지 따위를 열심히 설명해 줘야 했단 말이야. 정말이지 샘, 사람이 참는 데도 한계가 있는 법이야. 나는 그 녀석의 멱살을 잡아 산 아래까지 끌고 갔어. 그 와중에도 꼬마 녀석은 내 정강이를 마구 걷어찼지. 덕분에 무릎 아래는 온통 멍이 들었고, 엄지손가락은 두세 번 물려서 지금도 감각이 없는 상태야."

빌은 계속 말을 이었다.

"아무튼 이제 녀석은 없어. 집으로 돌아갔어. 집으로 가는 길을 가르쳐 주고는 엉덩이를 한 대 걷어차서 서미트 마을 쪽으로 쫓아 보냈지. 몸값이 날아가 버린 건 좀 아깝지만, 어쩔 도리가 없었다고. 내가 정신 병원으로 가야 할 판이었단 말이야."

빌은 숨을 헐떡거리고 있었지만, 점차 장밋빛으로 발그레해지는 그 얼굴에는 말할 수 없는 안도감과 만족감이 엿보였다.

"빌."

내가 물었다.

"혹시, 자네 집안에 심장병을 앓은 사람이 있나?"

"없어. 말라리아와 사고로 인한 질병 말고는 없다고. 왜 그런 걸 묻지?"

"그렇다면 말이야, 뒤를 돌아보게나."

빌은 고개를 돌리는 순간 꼬마를 볼 수 있었다. 빌은 얼굴빛이 변하더니 땅바닥에 털썩 주저앉고 말았다. 그러더니 손에 잡히는 대로 풀과 잔가지를 마구 뜯기 시작했다.

한 시간 동안이나 빌은 멈출 줄 몰랐다. 나는 혹시 빌의 정신이 이상해진 게 아닌가 하고 걱정했다. 그러고 나서 나는 빌에게 우리 계획을 얼른 실천에 옮기자고 말했다. 만일 도시트 영감이 우리 제의를 받아들인다면, 몸값을 가지고 밤중에라도 달아날 수 있을 거라고 일러 주었다. 그랬더니 빌도 간신히 힘을 되찾았는지 꼬마에게 희미한 미소를 던졌다. 그는 자기 기분이 좀 나아지면 러일 전쟁 놀이를 하면서 러시아 병정 노릇을 해 주겠다고 약속했다.

나는 계획이 들통 나서 위험에 처하는 일이 없으면서도 몸값을 받아 낼 수 있도록 꾀를 짜냈다. 내 생각은 전문 유괴범조차도 깜짝 놀랄 만한 것이었다. 회답과 돈을 갖다 놓기로 한 나무가 있는 곳은 길가의 울타리가 쳐진 들판이었다. 만일 경찰관들이 범인을 잡기 위해 숨는다고 해도 금방 알아챌 수 있을 만큼, 들판을 가로질러 오거나 길을 따라 걸어오는 사람을 멀리서도 훤히 알아볼 수 있는 사방으로 평평하게 펼쳐진 땅이었다. 그렇지만 그럴 염려는 전혀 없었다. 8시 반, 나는 벌써 그 나무에 올라가 청개구리처럼 납작 엎드려 몸을 숨기고 심부름꾼이 오기를 기다리고 있었다.

약속한 때가 되자 한 소년이 자전거를 타고 달려왔다. 울타리 말뚝 밑에 있는 마분지 상자를 발견하고는 그 속에다 접힌 종이 쪽지를 넣었다. 그는 다시 페달을 밟아 서미트 마을 쪽으로 가 버렸다.

나는 한 시간쯤 기다린 다음에야 이젠 마음을 놓아도 될 거라 생각했다. 나무에서 미끄러져 내려와 쪽지를 꺼내 들고, 울타리를 따라 살그머니 숲까지 걸어와서 삼십 분 만에 동굴로 돌아왔다. 쪽지를 펴고 등잔 가까이에 가서 빌에게 편지 내용을 읽어 주었다. 펜으로 휘갈겨 쓴 글씨라 읽기가 힘들었다. 대충 요약하면 다음과 같은 내용이었다.

겁이 없는 두 사람 귀하

나는 오늘 우편으로, 당신들이 내 아들을 돌려주는 조건으로 몸값을 요구하는 편지를 잘 받아 보았습니다. 당신들이 제시한 돈이 조금 많다고 생각되어, 내가 다른 대안을 내놓겠습니다. 아마도 내 요구를 받아 주리라 믿습니다.

당신들이 아들을 집으로 데리고 올 때, 내게 현금으로 이백오십 달러를 지불한다면, 당신들에게서 아들을 넘겨받는 데 동의하겠습니다. 그리고 늦은 밤에 찾아오는 게 좋을 것 같습니다. 왜냐하면 이웃 사람들은 벌써 내 아들이 행방불

명되었다고 믿고 있으니까요. 따라서 그들이 아들을 데리고 오는 당신들을 보면, 어떤 짓을 할지 나로서는 책임질 수 없기 때문입니다.

애브리저 도시트

"이런 불한당을 보았나?"

나는 소리쳤다.

"뻔뻔스럽게 이런 말을 내뱉다니!"

그러다가 나는 빌을 힐긋 쳐다보고는 망설이고 말았다. 빌은 벙어리나 우스꽝스러운 동물에게서나 볼 수 있는 서글픈 눈초리를 하고 있었던 것이다.

"샘."

빌이 나를 불렀다.

"따져 보면, 이백오십 달러가 그리 큰돈은 아니잖아? 그만한 돈은 우리한테도 있잖아. 이 꼬마 녀석하고 하룻밤만 더 같이 있다가는 난 정말 정신 병원으로 가야 될 것 같아. 도시트 씨는 참으로 훌륭한 사람일 거야. 이 얼마나 너그러운 일인가? 샘, 설마 이런 좋은 기회를 놓칠 만큼 어리석지는 않겠지?"

"빌, 사실은 말이야."

나는 말꼬리를 흐리며 말했다.

"뭐가 뭔지 모르겠어. 나도 이 알 수 없는 꼬마 녀석한테 두 손 다 들어 버렸어. 우리 이 녀석을 집에 데려다 주고, 몸값을 지불한 뒤 달아나기로 하자."

그날 밤 우리는 꼬마를 꼬마의 집으로 데리고 갔다. 아버지가 은으로 장식된 총과 사슴 가죽으로 만든 신발을 사 놓았고, 또 내일은 우리와 함께 곰 사냥을 갈 거라고 속여서 겨우 꼬마를 데리고 들어갈 수 있었다.

애브리저 영감네 현관문을 두드린 것은 정각 열두 시였다. 처음 계획대로 되었다면 나무 밑에 있는 상자에서 천오백 달러를 꺼내고 있어야 할 바로 그 시각에, 빌은 이백오십 달러를 세어서 도시트 영감의 손에 쥐어 주고 있었다.

꼬마는 우리가 자기를 집에 남겨 두고 간다는 것을 눈치채고는 기적처럼 날카로운 소리를 지르더니 거머리처럼 빌의 다리에 매달렸다. 그러자 도시트 영감이 반창고를 뜯어내듯이 꼬마를 빌에게서 천천히 떼어 놓았다.

"꼬마를 얼마나 오랫동안 붙잡아 둘 수 있습니까?"

빌이 도시트 영감에게 물었다.

"옛날처럼은 힘이 없어서."

도시트 영감이 대답했다.

"글쎄, 한 십 분쯤은 붙잡아 둘 수 있겠지."

"됐습니다."

빌이 곧장 말했다.

"십 분만 있으면 중부나 남부나 중서부 지방을 지나 캐나다에 있는 국경을 향해 열심히 달리고 있을 테니까요."

빌은 몸이 뚱뚱해서 평소에는 달음박질이 나보다 느렸는데, 캄캄한 밤이었음에도 내가 헐레벌떡 쫓아가야 할 정도로 빨리 달려 서미트 마을에서 족히 이삼 킬로미터는 앞서 갔다.

경찰관과 찬송가

소피는 매디슨 광장에 있는 긴 의자에 앉아 불안하게 몸을 움직이고 있었다. 밤하늘에는 기러기 떼가 울음소리를 내며 높이 날아가고, 바다표범 가죽 외투를 갖지 못한 여자들이 남편들에게 사 달라고 아양을 부리고, 소피가 광장 의자에 앉아 불안스레 몸을 움직이고 있을 무렵이면 겨울이 가까워졌다는 것을 알 수 있었다.

마른 잎 하나가 소피의 무릎에 떨어졌다. 그것은 겨울을 알리는 서리의 명함이라고 할 수 있었다. 서리는 공원을 자주 찾는 사람들에게는 친절하게도, 해마다 이곳을 찾아올 때를 미리 예고해 주었다. 서리는 광장을 둘러싼 네 모퉁이에서 매디슨 광장의 문지기인 북풍에게 명함을 건네주었다. 그러면 이곳 주민들은 겨울 채비를 하느라 바빠졌다.

소피는 다가오는 겨울을 대비해, 자신도 '월동 대책 위원회'라도 만들 때가 되었다는 것을 깨달았다. 여느 때와 달리 의자에 앉아 있을 수만은 없었다.

소피가 생각하는 겨울 채비는 그리 사치스러운 것이 아니었다. 이를테면 유람선을 타고 지중해를 여행한다든지, 나른하고 따뜻한 남쪽 나라에서 지낸다든지, 나폴리 만에 배를 띄운다든지 하는 생각은 조금도 없었다. 그저 섬에서 석 달 정도 지내는 것이 그의 유일한 소망이었다. 석 달 동안 북풍이나 경찰관을 피해 잠자리와 먹을거리에 관한 걱정 없이 마음 맞는 친구들과 생활하는 것, 이것이 진정 소피가 꿈꾸는 것이었다.

지난 몇 해 동안은 블랙웰즈 섬이 그런 조건을 갖추고 소피가 겨울을 나는 집이 되어 주었다. 해마다 겨울이 되면 돈이 많은 뉴욕 사람들은 팜비치 해변이나 리비에라로 가는 차표를 샀다. 그와 마찬가지로 소피도 그 섬으로 가기 위한 준비를 했다. 다시 겨울이 온 것이었다.

지난밤에 소피는 일요 신문 석 장을 웃옷 안쪽과 발목 언저리, 무릎 위에 덮고 잤지만 그런 것으로 광장 분수 옆 낡은 의자에서 추위를 물리칠 수는 없었다. 그래서 그 섬이 소피의 마음

속에 더욱 절실하게 떠올랐던 것이다.

그는 시에서 자선이라는 이름으로 노숙자들에게 마련해 주는 시설을 모조리 비웃었다. 소피는 '법률'이 '박애'보다 훨씬 자비로운 것이라고 생각했다. 하기야 찾기만 한다면 시나 자선 단체에서 운영하는 자선 시설이 참으로 많았다. 그런 곳에 가면 그런대로 잠자는 것과 먹는 것은 걱정하지 않아도 되었다. 그러나 소피처럼 자존심이 강한 사람에게는 자선이라는 말조차 달갑지 않았다.

비록 돈으로 치르지는 않더라도 정신적 굴욕이라는 대가를 지불하지 않고서는 그 어떤 박애나 은혜를 받을 수 없는 것이 사실이었다. 시저에게 브루투스가 있었듯이, 자선 침대에는 꼭 모욕이라는 세금이 붙게 마련이었고, 빵 한 덩어리를 얻어먹으려고 해도 일일이 신원을 밝히지 않으면 안 되었다. 그러기에 차라리 법률을 택하는 것이 속 편한 일이었다. 법률은 정해진 틀에 맞춰 움직이고 있다지만 신사의 자존심을 건드리거나 쓸데없이 참견하는 일이 거의 없었다.

섬으로 떠날 결심을 한 소피는 당장 그 소망을 실행에 옮기기 시작했다. 그것을 위한 간단한 방법은 얼마든지 있었다. 그 가운데서도 가장 즐거운 방법은 아무 데나 최고급 음식점으로 들어가서 값비싼 식사를 하는 것이었다. 그런 다음 돈이 한 푼도 없다고 말한 뒤 떠들지 않고 얌전히 경찰관에게 연행되면 그만이었다. 그러면 친절한 판사가 뒷일은 알아서 처리해 줄 것이었다.

소피는 긴 의자에서 일어나 광장을 나와 바다처럼 평평한 아스팔트로 나아갔다. 그곳은 브로드웨이와 5번가가 합류하는 지점이었다. 그는 거기에서 브로드웨이로 꺾어 들어가 번쩍거리는 음식점 앞에 멈춰 섰다. 그곳은 밤마다 부자들이 최고급 요리와 포도주를 즐기기 위해 몰려드는 곳이었다.

소피는 조끼의 맨 아래 단추 위까지는 자신이 있었다. 수염도 말끔히 깎았고, 웃옷도 제법 말쑥했으며, 검은 넥타이까지 점잖게 매고 있었다. 그 넥타이는 추수 감사절에 여전도사에게서 받은 것이었다. 이제 음식점에 들어가 자리를 차지하기만 하면 성공은 틀림없었다. 식탁 위로 보이는 부분만큼은 종업원에게 의혹을 불러일으키지 않을 것 같았다.

'그래, 오리구이를 시켜야겠어. 그 정도가 적당하겠지.'

소피는 마음속으로 생각했다.

'거기에 백포도주 한 병에 치즈케이크를 시키고, 후식으로 블랙커피 한 잔을 마시는 거야. 마지막으로 시가 한 개비. 시가는 1달러짜리 정도가 알맞을 거야.'

모두 합쳐 봐야 음식점 주인한테 호되게 혼쭐날 만큼 대단한 액수는 안 될 것 같았다. 그렇지만 그 음식은 배를 채워 줄 뿐만 아니라 겨우내 지낼 아늑한 집으로 자신을 보내 줄 것이었다.

그러나 소피가 음식점 안에 발을 들여놓는 순간, 종업원의 시선이 그의 낡아 빠진 바지와 닳아 떨어진 구두 위에 닿았다. 그러고는 억세고 날쌘 손놀림으로 소피의 몸을 재빨리 돌리더니 아무 말 없이 거리로 내몰았다.

소피는 그 길로 브로드웨이를 벗어났다. 아무래도 그가 꿈꾸는 섬으로 가는 길은 공짜 식사가 아닌 모양이었다. 감옥으로 들어가는 길을 어딘가 다른 곳에서 찾아야만 했다.

6번가 모퉁이까지 오니, 가게의 진열장에는 상품들이 전등불 아래 솜씨 있게 진열되어 있었다.

소피는 자그마한 돌멩이를 하나 집어 들고 느닷없이 진열장을 향해 던졌다. 그러자 곧 사람들이 경찰관을 앞세우고 달려왔다. 소피는 두 손을 바지 주머니에 찔러 넣은 채 가만히 서 있었다. 그러고는 제복을 입은 경찰관을 보고 싱긋 웃었다.

"누구야! 놈은 어디로 달아났지?"

경찰관이 흥분한 목소리로 물었다.

"혹시 제가 범인이라고 생각하지는 않나요?"

소피는 장난기 어린 말투로 말했다. 그의 목소리는 꼭 행운을 기대하는 사람처럼 부드러웠다.

경찰관은 소피의 말을 사건의 실마리로조차 받아들이지 않았다. 상식적으로 창을 깬 사람이 현장에 머물러 있을 리가 없기 때문이었다. 게다가 법률의 말단 집행자인 경찰관과 이야기 따위를 하지도 않는다. 누구나 재빨리 도망쳐 버릴 뿐이다. 그때 마침 경찰관은 한 남자가 저만치 달려가 전차를 잡으려는 것을 보았다. 그는 경찰봉을 뽑아 들고 사람들과 함께 그 남자를 쫓았다. 소피는 마음이 상해서 원망스러운 듯이 걷기 시작했다. 연거푸 실패한 것이었다.

얼마쯤 걷자 길 맞은편에 꽤 괜찮아 보이는 음식점이 있었다. 이 음식점은 식욕은 왕성하나 주머니 사정이 시원찮은 사람들이 주로 드나드는 곳이었다. 그곳의 수프와 식탁보는 형편없었다. 소피는 자신의 정체를 드러내는 구두와 도저히 숨길 수 없는 낡은 바지를 입고 음식점 안으로 들어갔다. 이번에는 아무도 가로막는 사람이 없었다. 식탁에 앉자마자 소피는 비프스테이크와 큼직한 핫케이크, 도넛과 파이를 게 눈 감추듯 먹어 치웠다. 그런 다음 종업원을 불러 자신에게 지금 돈이 한 푼도 없다고 말했다.

"자, 어서 경찰관을 불러오시오."

소피는 망설이지 않고 이어 말했다.

"신사를 기다리게 하는 것도 실례라네."

그러나 종업원은 생각지도 못한 반응을 보였다.

"너 같은 놈에게 경찰관이 무슨 소용이겠어?"

종업원은 버럭 소리를 지르더니, 동료를 불렀다.

"이봐, 콘! 이리 와 봐."

순식간에 두 종업원은 소피를 들어 올려 딱딱한 길바닥 위에다 내동댕이쳤다. 그는 뻐근한 몸을 일으켜 옷에 묻은 먼지를 털었다.

경찰관에게 잡힌다는 것이 너무나 어려운 장밋빛 꿈인 것만 같았다. 섬은 여전히 먼 곳에 있었다. 경찰관 한 명이 근처 약국 앞에 서 있었지만, 그를 보고도 그냥 웃으면서 가 버리는 것이었다.

소피는 다섯 블록쯤 걸어갔다. 그러자 또다시 용기가 생겼다. 이번에는 어떻게든 잡혀갈 수 있는 짓을 해야겠다고 생각했다. 틀림없이 기회가 온 것 같았다. 때마침 잘 차려입은 젊은 여자가 진열장 앞에 서서 그 안에 늘어놓은 면도용 컵과 잉크스탠드를 열심히 들여다보고 있었다. 게다가 운이 좋게도 그 진열장에서 조금 떨어진 곳에 몸집이 크고 무서워 보이는 경찰관이 서 있었다.

소피의 계획은 이곳에서 비열하고 천한 난봉꾼 노릇을 하는 것이었다. 자신의 제물이 될 아름답고 우아한 여자와 성실해 보이는 경찰관을 보자 한층 더 확신이 생겼다.

이제는 틀림없이 그 경찰관의 손이 덥석 자신을 잡아 아늑하고 조그마한 섬으로 겨우살이를 떠나게 해 주리라고 믿었다.

소피는 여전도회에서 받은 넥타이를 매만졌고, 자꾸 말려 들어가는 소맷부리를 끄집어내며 모자도 삐딱하게 쓴 채 젊은 여자 곁으로 슬금슬금 다가갔다. 그리고 눈짓을 하기도 했고, 공연히 헛기침을 하고 웃어 보이며 난봉꾼처럼 뻔뻔스럽고 천하게 행동했다. 곁눈질해 보니, 마침 경찰관이 이쪽을 바라보고 있었다. 그런데 젊은 여자는 두어 걸음 움찔하더니 또다시 진열장 안을 들여다보는 것이었다. 소피는 대담하게 그녀 곁에 바짝 다가서서 말했다.

"어, 버델리어잖아! 우리 집에 가서 놀지 않겠어?"

경찰관은 여전히 이쪽을 바라보고 있었다. 그러니 젊은 여자가 그저 손가락으로 신호만 보내면 되는 것이었다. 그렇게 하면 소피는 섬으로 가는 배표를 끊어 놓은 것이나 마찬가지였다. 그의 마음속에는 벌써 교도소의 아늑한 훈기가 느껴졌다. 그런데 젊은 여자는 소피 쪽을 돌아보더니, 한 손을 뻗어 그의 옷소매를 잡는 것이었다.

"좋아요, 마이크."

그녀는 기쁜 듯이 이렇게 말했다.

"맥주나 한잔 사 준다면 말이에요. 진작 말을 걸고 싶었지만, 저 경찰관이 지켜보고 있어서요."

떡갈나무에 엉겨 붙은 덩굴처럼 젊은 여자에게 붙잡힌 소피는 우울한 얼굴로 경찰관 앞을 지나갈 수밖에 없었다. 자신의 운명은 아무래도 자유의 몸으로 살아야 한다고 정해져 있는 것 같았다.

다음 모퉁이에 이르자, 소피는 여자의 손을 뿌리치고 마구 달려갔다. 그리고 한참 만에 걸음을 멈추었다. 그곳은 밤이 되면 빛이 가장 현란해지고, 들뜬 마음과 싸구려 사랑의 맹세와 달콤한 말이 넘쳐 나는 지역이었다.

모피를 입은 여자들과 멋진 코트를 걸친 남자들이 추운 거리를 즐겁게 오가고 있었다. 소피는 문득 자기가 체포되지 않도록 무서운 마술에라도 걸린 것이 아닐까 하는 생각이 들며 불안해지기 시작했다.

그렇게 생각하자 소피는 덜컥 겁이 났다. 그런데 때마침 경찰관 하나가 극장 앞에서 서성대고 있는 것이 보였다. 그러자 소피는 눈앞의 지푸라기라도 잡으려는 심정으로 풍기 문란 행위를 하기로 했다. 소피는 길에서 목청껏 쉰 소리를 질러 대면서 주정뱅이처럼 넋두리를 늘어놓았다. 그러고는 춤을 추기도 하고, 소리를 치거나 그 밖의 온갖 방법으로 소란을 피웠다.

한데 경찰관은 경찰봉을 빙빙 돌리면서 소피에게 등을 돌린 채 지나가는 사람들에게 이렇게 말하는 것이었다.

"이 사람은 예일 대학 학생이랍니다. 오늘 경기에서 하트퍼드 대학을 이겨 이렇게 축하하고 있는 거죠. 시끄럽기는 하지만 별로 해로울 건 없습니다. 그냥 놓아두라는 지시를 받았어요."

소피는 결국 서글픈 기분으로 그만둘 수밖에 없었다. 어째서 경찰관이 자신을 체포하지 않는단 말인가? 그가 마음속에서 그리던 섬이 이제는 도저히 갈 수 없는 이상향처럼 생각되었다. 차가운 바람이 불어왔다. 그는 얇은 웃옷 단추를 채웠다.

담배 가게를 들여다보니 잘 차려입은 한 남자가 라이터로 시가에 불을 붙이고 있었다. 문간에 세워 놓은 그 남자의 비단 우산이 눈에 띄었다. 소피는 안으로 들어가서 얼른 그 우산을 집어 들었다. 그러자 시가에 불을 붙이고 있던 사나이가 부랴부랴 쫓아 나왔다.

"이봐, 그건 내 우산이오."

그는 무섭게 말했다.

"흥, 그래?"

소피는 도둑질에다 모욕죄까지 덧붙이려는 듯 비아냥거렸다.

"그렇다면 경찰관을 부르지 그래? 내가 당신 우산을 훔쳤다고 말이야. 어서 경찰관을 불러 보시구려. 바로 저 모퉁이에 서 있는데 말이야."

그러자 우산 주인은 더듬거리며 입을 열었다.

소피는 행운이 다시 달아나 버릴 듯한 예감이 들어 불안했다.

"그건, 저어, 이런 잘못은 흔히 있는 일이지요. 난…… 다만…… 그게 당신 우산이라면 용서해 주십시오. 실은 오늘 아침 한 음식점에서 손에 넣었어요. 당신 우산이 틀림없다면 용서를……."

"물론 내 우산이지."

소피는 짓궂게 말했다.

우산 주인이 물러갔다. 경찰관이 서둘러 키가 큰 금발 여자를 도와주러 갔다. 야회복을 입은 여자가 길을 건너고 있는데 전차가 바로 근처에서 마구 달려오고 있었기 때문이다.

소피는 도로 공사로 마구 파헤쳐진 길을 따라 걸어갔다. 홧김에 우산을 공사장에 파 놓은 구덩이 속에다 던져 넣었다.

얼마쯤 지난 뒤에 소피는 큰길로 나갔다. 그는 헬멧을 쓰고 경찰봉을 든 경찰관들에 관해 마구 투덜거렸다. 그러고는 매디슨 광장 쪽으로 향했다. 설령 그의 집이 광장의 의자일지라도 귀소 본능은 여전히 살아 있기 때문이었다.

그러다 고요하고 쓸쓸한 길모퉁이에 이르러 소피는 걸음을 우뚝 멈춰 섰다. 그곳에는 오래된 교회가 있었다. 색다르지만 볼품없는 건물이었다. 짙은 보랏빛 유리창 너머로 부드러운 불빛이 새어 나오고 있었다. 또한 오르간 연주자가 건반 위로 신중하게 손가락을 옮기면서 이번 일요일에 연주할 찬송가를 연습하고 있었다. 소피는 달콤한 음악 소리에 귀를 기울이며 철망에 몸을 기댄 채 꼼짝하지 않고 서 있었다. 달은 머리 위로 떠올라 밝게 빛나고 있었다. 달리는 자동차도 길을 가는 사람도 거의 없었다. 참새들만 처마 밑에서 지저귀고 있었다.

주위 풍경은 작은 교회가 있는 시골의 모습으로 착각할 정도였다. 오르간 연주자가 연습하는 찬송가는 소피의 두 다리를 못을 박은 듯이 단단히 묶어 버리고 말았다.

찬송가는 어린 시절에 자주 듣던 곡이었다. 그 무렵에는 소피의 생활도 남부럽지 않았다. 어머니, 장미꽃, 친구, 티 없이 맑은 생각과 야심, 그리고 찬란한 빛깔 같은 것이 살아 있던 시절이었다.

이 오래된 교회에서 갑자기 느껴진 놀라운 힘이 소피의 심경에 야릇한 변화를 가져왔다. 그는 문득 엄습해 오는 공포에 떨면서 어두운 구덩이 같은 과거를 돌이켜 보았다. 타락한 생활, 보잘것없는 욕망, 죽어 버린 희망, 못쓰게 된 재능과 비굴한 목적 같은 것이 떠올랐다. 소피는 그처럼 비극적으로 이 세상을 살아온 것이었다. 다음 순간 그의 마음은 이 새로운 기분에 몸이 떨릴 만큼 감격스러워졌다. 그는 이 힘찬 충동에 힘을 얻어 자신의 절망적인 운명과 싸워 보고 싶다는 생각을 했다.

'그래, 나를 이 늪에서 건져 내 보자. 다시 한 번 참된 인간으로 살아 보자. 내게 들러붙어 있는 악을 이겨 내자. 아직 늦지 않았어. 생각해 보면 아직 나는 젊어. 그 옛날에 진지하게 품고 있던 야망을 되살려 그것을 추구해 보자. 엄숙하면서도 아름다운 오르간 소리가 내 마음을 변하게 한 거야. 내일이 되면 거리로 나가 일을 찾아보자. 언젠가 모피를 수입하는 사람이 운전사 일을 제의한 적이 있었지. 그래 내일 그 사람을 찾아서 일자리를 부탁해 보자. 나도 이제 떳떳하게 살아갈 수 있다는 것을 보여 줄 테다.'

그때 누군가의 손이 소피의 팔을 잡았다. 얼른 뒤를 돌아보니, 눈앞에는 경찰관이 무서운 얼굴을 하고 서 있었다.

"여기서 뭘 하고 있었지?"

경찰관이 의심에 찬 눈초리로 물었다.

"아무것도 하지 않았어요."

소피는 재빨리 대답했다.

"그럼 나와 같이 가자고."

경찰관이 다짜고짜 말했다.

이튿날 아침 즉결 재판소에서 치안 판사가 소피에게 말했다.

"석 달 동안 섬에 감금함!"

개심

지미 밸런타인은 교도소 안에 있는 구두 공장에서 부지런히 구두를 꿰매고 있었다. 그때 간수 한 사람이 와서 지미를 사무실로 데리고 갔다. 이곳에서 교도소장은 그날 아침 지사가 서명한 사면장을 지미에게 내주었다. 지미는 별로 달갑지 않은 듯이 사면장을 받았다.

지미는 형기 4년 중 벌써 열 달 가까이 복역하고 있었다. 길어야 석 달 정도 들어가 있으면 되겠지 하고 생각한 일이었다. 사실, 지미 밸런타인처럼 바깥 세상에 친구를 많이 둔 사람은, 설령 감옥살이를 하더라도 머리를 짧게 깎을 필요가 없었다.

"이봐, 밸런타인."

교도소장이 말했다.

"내일 아침에 출감이야. 앞으로는 마음을 단단히 고쳐먹고 착하게 살아야 돼. 알고 보면 너도 근본이 나쁘지는 않지. 금고는 그만 털고 착실하게 살기 바라네."

"저한테 하시는 말씀입니까?"

지미는 깜짝 놀라 말했다.

"아니, 저는 여태껏 금고를 한 번도 턴 적이 없는걸요."

"암, 물론 그럴 테지."

교도소장은 웃었다.

"그렇다면 어째서 그 스프링필드 사건으로 감옥살이를 하게 됐지? 상류 사회의 어떤 높은 사람한테 혐의가 갈까 봐 굳이 알리바이를 밝히지 않았기 때문인가? 아니면 그저 심술궂고 늙은 배심원들이 너한테 원한을 품었기 때문인가? 너같이 엉뚱한 피해자라고 떠벌리는 사람치고, 핑계로 이 둘 중에 하나를 대지 않는 사람이 없어."

"제가요?"

지미는 여전히 시치미를 떼고 말했다.

"하지만 소장님, 저는 지금까지 스프링필드에는 가 본 적도 없는걸요."

"크로닌, 어서 이 사람을 데리고 가."

교도소장은 웃으면서 말을 이었다.

“그리고 나갈 때 입을 옷을 챙겨 줘. 내일 아침 일곱 시가 되면 대기실로 데려오고. 내가 한 말을 마음 깊이 새겨 두는 게 좋을 거야, 밸런타인.”

이튿날 아침 7시 15분에 지미는 교도소장실에 서 있었다. 그는 죄수들이 출감할 때 나라에서 지급하는 몸에 맞지 않는 기성복을 입고, 빽빽하고 삐걱거리는 구두를 신고 있었다. 간수는 지미에게 기차표와 5달러짜리 지폐 한 장을 주었다. 그것은 선량한 시민으로 돌아가 열심히 살아가기를 바라는 법률이 제공하는 것이었다.

교도소장은 그에게 시가 한 개비를 주며 악수를 청했다. 9762호 죄수 밸런타인의 출감 사유에는 ‘지사에 의한 사면’이라고 기록되었다. 이리하여 지미 밸런타인은 햇빛 속으로 걸어 나갈 수 있었다.

지미는 새들의 노랫소리와 바람에 살랑대는 푸른 나무들과 꽃향기 같은 것은 거들떠보지도 않고, 곧장 한길에 있는 음식점으로 들어갔다. 그곳에서 통닭구이와 백포도주 한 병을 먹고 마셨고, 교도소장이 준 것보다 더 고급인 시가 한 개비를 피우며 자유의 달콤한 기쁨을 맛보았다. 그리고 그는 느긋한 마음으로 천천히 기차역으로 향했다. 역 입구에 앉아 있는 장님의 모자에

25센트짜리 동전을 던져 주고는 기차에 올라탔다.

세 시간 뒤, 지미는 주 경계에서 가까운 조그만 마을에 내렸다. 그리고 마이크 돌런이라는 사나이의 가게로 가서 계산대 앞에 혼자 있던 그와 악수를 나누었다.

"좀 더 빨리 빼내주지 못해서 미안하네, 지미."

마이크가 말했다.

"스프링필드에서 심하게 반대를 해서 말이야. 하마터면 지사도 생각을 바꿀 뻔했다고. 그래, 기분은 어때?"

"괜찮아. 내 열쇠 갖고 있나?"

지미는 열쇠를 받아 들고 이층으로 올라가 안쪽에 있는 방문을 열었다. 모든 것이 그가 떠날 때 그대로였다. 방바닥에는 아직도 벤 프라이스 형사의 단추가 떨어져 있었다. 형사들이 지미를 체포하려고 팔을 비틀어 꺾었을 때, 벤 프라이스의 와이셔츠에서 떨어진 것이었다.

지미는 벽에 세워 둔 접이식 간이침대를 끌어냈고, 벽장의 판자 한 장을 뜯어낸 다음 먼지를 뒤집어쓴 가방을 꺼냈다. 그는 그 가방을 열고 동부에서 으뜸가는 절도용 연장들을 사랑스러운 듯이 바라보았다. 그것은 특수한 강철로 만든 흠이라곤 하나도 없는 만능 세트였다. 드릴, 천공기, 회전 송곳과 조립식 쇠지레, 집게 장도리와 나사형 송곳까지 모두가 최신식 연장들이었다. 그리고 그가 늘 자랑하는 자신이 직접 고안한 연장도 몇 가지 있었다. 이 연장들은 절도 전문가용 연장을 전문으로 만드는 곳에서 구백 달러나 주고 구입한 것이었다.

삼십 분쯤 지난 뒤에 지미는 아래층으로 내려갔다. 이제 그는 아주 고상하고 몸에 꼭 맞는 옷을 입고 있었다. 손에는 먼지를 털고 정성껏 닦은 그 가방을 들고 있었다.

"왜 일이라도 하러 가나?"

마이크 돌런이 상냥하게 물었다.

"나 말인가?"

지미는 어리둥절해하며 말했다.

"무슨 말인지 모르겠네. 나는 뉴욕의 쇼트스냅 제과 회사에서 나온 직원인걸."

마이크는 이 말을 듣고 무척 기뻐했다. 덕분에 지미는 그 자리에서 우유를 탄 셀처 소다수를 한 잔 얻어 마셨다. 지미는 결코 독한 술을 마시지 않았다.

9762호 죄수 밸런타인이 석방된 지 일주일 뒤, 솜씨가 기막힌 금고 털이 사건이 인디애나 주 리치먼드에서 일어났다. 그러나 범인이 누구인지 전혀 실마리를 잡지 못했다. 도둑맞은 돈은 팔백 달러에 불과했지만, 금고 안의 돈이 흔적도 없이 사라진 것이었다.

그때부터 2주일 뒤, 역시 인디애나 주 로건즈포트에서 도난 방지 장치가 되어 있는 최신식 개량형 금고가 간단히 열린 채, 천오백 달러의 현금이 털렸다. 유가 증권과 은화는 그대로 있었다.

경찰 당국은 긴장을 하기 시작했다. 그러나 얼마 뒤 제퍼슨 시에 있는 은행의 구식 금고가 또 열렸고 오천 달러나 되는 지폐가 사라져 버렸다. 이번에는 피해액이 커서 유능한 강력반 형사인 벤 프라이스가 사건을 맡게 되었다.

벤 프라이스는 여러 피해 보고서를 비교해 보고, 금고 털이 수법이 비슷하다는 것을 알게 되었다. 도난 현장을 조사한 그는 이렇게 말했다.

"이건 멋쟁이 지미 밸런타인의 짓이야. 그놈, 또 일을 시작했군. 저 자물쇠 손잡이 좀 보라고. 마치 비 오는 날 무 뽑듯이 쉽게 뽑아냈잖아. 이런 짓을 할 수 있는 놈은 지미뿐이야. 그리고 이 자물쇠의 회전판에 보기 좋게 뚫린 구멍 좀 봐. 지미는 늘 구멍을 여기저기 함부로 뚫지 않지. 그래, 역시 놈의 짓이 틀림없어. 이번에 잡히면 단기형이니 사면이니 하는 따위로 풀려나지 못할걸. 톡톡히 맛 좀 보여 줘야겠어."

벤 프라이스는 지미의 수법을 잘 알고 있었다. 그것은 스프링필드 사건을 조사하면서 알게 된 것이었다. 금고를 터는 즉시 멀리 도망간다는 점, 재빠르게 도주하는 능력이 있다는 점, 공범자가 없다는 점, 그리고 상류 사회에 어울릴 만한 사교 솜씨 따위로 교묘히 법망을 피한다는 점 등으로 밸런타인이라는 이름은 잘 알려져 있었다.

벤 프라이스가 이 유명한 금고 털이를 쫓고 있다는 것이 발표되자, 금고를 가지고 있는 사람들은 조금이나마 마음을 놓게 되었다.

어느 날 저녁, 지미 밸런타인은 여행 가방을 들고 우편 마차에서 내렸다. 그곳은 아칸소 주의 엘모어라는 작은 마을로 참나무가 무성한 시골 철도에서 8킬로미터쯤 떨어져 있는 곳이었다. 지미는 마치 고향에 돌아온 대학교 4학년 운동선수 같은 모습으로 호텔을 향해 걸어갔다.

그때 한 젊은 여자가 길을 건너오더니 모퉁이에서 그를 앞질러 '엘모어 은행'이라는 간판이 걸려 있는 건물 안으로 들어갔다. 지미 밸런타인은 그녀와 눈이 마주친 순간, 그만 자신이 누구인지도 잊어버리고 전혀 다른 사람이 되어 버린 듯한 기분이었다. 그녀는 눈을 내리깔고 두 뺨을 살짝 붉혔다. 지미처럼 차림새가 멋지고 얼굴이 잘생긴 젊은이는 이 엘모어에서 보기 드물기 때문이었다.

지미는 마치 은행 주주라도 되는 것처럼 돌계단 위에서 빈둥

거리고 있는 한 소년을 불렀다. 그러고는 10센트를 하나씩 쥐어 주면서 이 마을 상황에 관해 이것저것 물어보았다. 그러고 있는데 그 젊은 여자가 다시 나타났다. 그녀는 일부러 지미에게 전혀 관심이 없다는 듯한 표정으로 걸어갔다.

"저 아가씨는 폴리 심프슨이잖아?"

지미는 시치미를 떼고 물었다.

"아니에요."

소년이 말했다.

"저 여자는 애너벨 애덤스라고요. 저 여자 아버지가 이 은행장인걸요. 아저씨는 무슨 일로 엘모어에 오셨죠? 그 시곗줄, 금이에요? 나는 강아지를 사고 싶은데, 돈 더 줄 수 없어요?"

지미는 플랜더즈 호텔로 가서 숙박부에 랄프 D. 스펜서라고 이름을 적고 방을 예약했다. 그리고 프런트에 기대어 호텔 지배인에게 자신의 용건을 말했다.

"장사를 할 만한 곳을 알아보려고 엘모어에 왔소. 이곳에다 구두 가게를 차리면 어떨까요? 근사한 구두 가게를 개업했으면 하는데, 과연 돈벌이가 되겠소?"

지배인은 지미의 옷차림과 태도에서 좋은 인상을 받았다. 자신도 엘모어의 멋쟁이 젊은이들 사이에서 유행의 본보기가 되고 있었지만, 지미를 보고 자신의 부족한 점을 깨달았다. 그는 지미가 맨 넥타이를 눈여겨보면서 공손하게 정보를 제공했다.

"그렇습니다. 구두 가게라면 전망이 좋습니다. 이곳에는 구두 전문점이 없으니까요. 포목 가게와 잡화 가게에서 신발을 팔고 있지요. 그러니 이곳에 자리를 잡으시면 좋을 겁니다. 여기는 살기도 좋고 사람들도 모두 친절하답니다."

지미는 이곳에 며칠 머물면서 상황을 살펴보고 싶다고 말했다.

"아니, 보이를 부르지 않아도 괜찮소. 이 가방은 내가 들고 올라가겠소."

이제 지미 밸런타인이라는 사람은 죽었다. 그 대신 타다 남은 잿더미 속에서 사랑의 불꽃으로 살아난 불사조 랄프 D. 스펜서가 엘모어에 화려하게 등장했다. 그는 그곳에 머물면서 구두 전문점을 차려 사업에 성공했다.

또한 그는 사교계에서 탁월한 능력을 발휘해 많은 친구가 생겼다. 가장 중요한 사실은 그가 마음속에 간직했던 소원이 이루어졌다는 것이다. 애너벨 애덤스와 사귀게 되었고, 그녀의 매력에 점점 더 빠져들게 되었다.

일 년이 지나고 랄프 D. 스펜서는 이 마을의 모든 사람에게 존경을 받았다. 구두 가게도 나날이 번창했다. 그는 애너벨과 약혼했고 2주일 뒤에 결혼하기로 되어 있었다. 애너벨도 스펜서를 사랑했고, 그를 무척 자랑스러워했다.

애너벨의 아버지 역시 스펜서를 마음에 들어 했다. 스펜서는 애덤스네 가족과 애너벨의 결혼한 언니 가족들과도 마치 가족처럼 허물없이 지냈다.

어느 날 지미는 자신의 방에 앉아 편지 한 장을 써서 세인트루이스에 있는 옛 친구에게 보냈다.

그리운 친구에게

다음 주 수요일 밤 아홉 시에 리클로크의 설리번 집으로 와 주게. 긴히 의논할 일이 있어서 그러네. 아울러 내 연장을 자네에게 주고 싶네. 아마 기꺼이 받아 주리라 믿네. 1천 달러를 들여도 이것과 똑같은 연장은 만들 수 없을 테니까.

빌리, 나는 이제 그 일을 그만두었다네. 일 년 전에 말이야. 그 대신 좋은 가게를 하나 가지고 있지. 지금은 착실한 생활을 하고 있다네. 또 2주일 뒤면 이 세상에서 가장 아름다운 여자와 결혼한다네. 이것만이 내 유일한 삶의 길일세.

빌리, 지금은 어느 누가 백만 달러를 준다 해도 남의 돈엔 한 푼도 손대고 싶지 않네. 결혼하면 모든 걸 정리하고, 서부로 갈 참이야. 그곳이라면 옛날의 잘못을 들추어내는 사람은 없을 테니까.

빌리, 내 여자는 천사 같은 사람이야. 나를 진심으로 믿고 있지. 이제는 무슨 일이 있어도 나쁜 짓은 안 할 거야. 반드시 설리번의 집으로 와 주길 바라네. 꼭 만나야 하니까. 연장은 그때 가져가겠네.

옛 친구 지미가

지미가 이 편지를 쓴 다음 월요일 밤, 벤 프라이스 형사는 마차를 빌려 타고 사람들의 눈에 띄지 않게 엘모어에 왔다. 그는 아무도 눈치채지 못하게 시내를 돌아다니면서 이것저것 궁금한 것들을 물어보고 다녔다. 그리고 마침내 구두 가게 맞은편에 있는 약국에서 랄프 D. 스펜서를 찬찬히 바라보았다.

"지미, 은행장의 딸과 결혼한다고?"

벤 프라이스 형사는 혼자 중얼거렸다.

"글쎄, 그게 과연 가능할까?"

이튿날 아침, 지미는 애덤스 씨 집에서 아침을 먹었다. 그날은 리틀로크에 가서 예복을 맞추고, 애너벨에게 근사한 선물을 사 주기로 되어 있었다. 지미가 엘모어에 온 뒤 이곳을 떠나기는 이번이 처음이었다. 마지막으로 '본업'에서 손을 뗀 지 벌써 일 년이 지났으므로, 이제는 나가서 돌아다녀도 괜찮으리라 생각한 것이었다.

아침을 먹고 나서 지미와 애너벨, 애덤스 은행장과 애너벨의 결혼한 언니, 그리고 그녀의 다섯 살과 아홉 살짜리 두 딸까지 모두 한꺼번에 시내로 나갔다. 그들은 지미가 묵고 있는 호텔 앞에 이르렀다. 그러자 지미는 방으로 뛰어 올라가서 여행 가방을 들고 내려왔다. 그리고 모두 은행으로 향했다. 거기에는 기차역까지 지미를 태우고 갈 마차와 마부 돌프 기브슨이 기다리고 있었다.

그들은 조각품이 진열되어 있는 홀을 지나 사무실로 들어갔다. 지미도 그들과 함께 있었다. 그도 그럴 것이 애덤스의 사윗감은 그 마을 어디에서나 환영을 받았기 때문이다. 은행원들은 애너벨과 결혼하기로 되어 있는 이 잘생기고 상냥한 청년한테 인사를 받고 기뻐했다. 지미는 손에 든 가방을 내려놓았다. 그러자 행복에 겨워 마음이 들떠 있던 애너벨은 지미의 모자를 쓰고 가방을 들어 올렸다.

"어때요? 근사한 외판원 같아 보이지 않나요?"

그리고 애너벨이 덧붙였다.

"어머나, 랄프! 이 가방은 굉장히 무겁네요. 마치 황금 덩이라도 잔뜩 들어 있는 것 같잖아요."

"주석으로 도금한 구둣주걱이 잔뜩 들어 있소."

지미는 차분한 목소리로 대답했다.

"반품하려고 하오. 내가 직접 가져가면 운송비가 절약될 테니까 말이야. 요즘 난 굉장한 구두쇠가 되었소."

엘모어 은행은 새로운 금고를 설치한 지 얼마 되지 않았다. 애덤스는 그것을 굉장히 자랑하며 만나는 사람 모두에게 보여 주었다. 금고는 조그마했지만, 새로 특허를 받은 문이 달려 있었다. 손잡이 하나로 동시에 조작할 수 있는 튼튼한 강철 빗장 세 개로 닫히게 되어 있었고, 시한장치가 달린 자물쇠가 붙어 있었다. 애덤스는 신이 나서 그 조작법을 스펜서에게 설명해 주었다. 스펜서는 예의에 어긋나지 않게 설명에 귀를 기울였으나 지나친 관심은 보이지 않았다. 애너벨의 조카인 메이와 아가다도 번쩍거리는 금속과 우습게 생긴 시계, 손잡이 따위를 보며 재미있어 했다.

사람들이 이러고 있는 사이에 벤 프라이스는 슬며시 은행 안으로 들어왔다. 그는 두 손으로 턱을 괸 채 칸막이 사이로 슬쩍 안을 들여다보고 있었다. 그에게 다가온 은행 직원에게는 아는 사람을 기다리고 있다고 말했다.

바로 그때, 갑자기 여자들의 자지러질 듯한 비명이 들리더니 커다란 소동이 벌어졌다. 어른들이 안 보는 사이에 아홉 살짜리 메이가 장난 삼아 아가다를 금고 안에 가두어 버린 것이었다. 그러고는 조금 전에 애덤스가 해 보인 대로 빗장을 걸고, 자물쇠마저 채워 버렸다.

애덤스는 허둥지둥 손잡이에 매달려 한참을 잡아당겨 보았다.

"이 문이 열릴 리가 없어."

그가 흐느끼며 말했다.

"시한장치는 잠겨 있지도 않고, 자물쇠도 맞춰 놓지 않았단 말이야."

아가다의 엄마는 또다시 비명을 질렀다.

"조용히 해요!"

애덤스는 손을 부들부들 떨며 말했다.

"아가다, 할아버지가 하는 말을 잘 들어야 해!"

그는 큰 소리로 외쳤다.

"듣고 있니?"

모두들 숨을 죽이며 기다리고 있자, 캄캄한 금고 안에서 공포에 질린 나머지 마구 울어 대는 아이의 소리가 어렴풋이 들려왔다.

"아아, 내 딸 아가다야!"

아가다의 엄마가 울부짖었다.

"저 애는 겁에 질려 죽을 거예요. 어서 문을 열어 줘요. 남자들이 이렇게 많이 있으면서 뭐 하는 거예요?"

"리틀로크에 나가야 이 금고 문을 열 수 있는 사람이 있단 말이야."

애덤스는 떨리는 목소리로 말했다.

"아, 큰일 났군! 스펜서, 어떻게 하지? 저 애는 오래 견디지 못할 거야. 공기도 부족하고, 게다가 겁에 질려 정신을 잃을지도 모른단 말이야."

아가다의 엄마는 이제 미친 사람처럼 두 손으로 금고를 마구 두드리고 있었다. 그러자 누군가가 다이너마이트를 써 보면 어떠하겠냐고 제안했다.

애너벨은 지미를 돌아보았다. 그의 커다란 눈동자는 고뇌에 잠겨 있었지만 아직 절망하지는 않고 있었다. 여자들은 자신이 사랑하는 남자의 힘으로는 불가능한 일이 없다고 믿는 법이다.

"랄프, 어떻게 안 될까요? 어떻게 좀 해 보세요, 네?"

그는 부드러운 미소를 지으며 애너벨을 바라보았다.

"애너벨."

그는 다시금 말했다.

"당신이 드레스에 달고 있는 그 장미꽃을 내게 주지 않겠소?"

애너벨은 잘못 들은 것은 아닌지 자신의 귀를 의심하면서도 드레스에서 장미꽃을 떼어 그의 손에 건네주었다. 지미는 그것을 조끼 주머니에 넣더니, 웃옷을 벗어 던지고 와이셔츠 소매를 걷어붙였다. 그와 동시에 랄프 D. 스펜서는 사라지고 지미 밸런타인이 그 자리에 나타났다.

"여러분, 모두 문 앞에서 비켜나십시오."

지미는 짤막하게 명령했다.

그는 여행 가방을 탁자 위에 올려놓고 그것을 열었다. 그때부터 그는 주위에 있는 사람들을 전혀 의식하지 않는 것처럼 보였다. 그는 번쩍거리는 이상한 모양의 연장들을 재빨리 꺼내어 순서대로 늘어놓았다. 일을 시작할 때면 늘 그랬던 것처럼 그는 조용히 휘파람을 불기 시작했다. 모두들 숨을 죽이고 마치 마법에 걸린 듯이 꼼짝도 않고 그를 지켜보았다.

일 분쯤 지나자 지미가 애용하는 드릴이 거침없이 강철문 안으로 미끄러지듯 파고들어 갔다. 그리고 마침내 그는 지금까지의 절도 기록을 깨뜨리고 십 분 만에 빗장을 풀어 문을 열었다.

아가다는 거의 탈진 상태였으나 무사히 엄마의 품에 힘껏 안겼다.

지미 밸런타인은 웃옷을 입고 밖으로 나왔다.

"랄프!"

누군가가 자신을 부르는 귀에 익은 목소리가 들려왔다. 그러나 그는 조금도 망설이지 않고 곧장 걸어 나갔다. 눈앞에는 덩치 큰 사나이가 길을 막고 서 있었다.

"벤, 안녕하시오?"

지미는 야릇한 미소를 지으며 사나이에게 말했다.

"드디어 냄새를 맡았군. 그렇다면 같이 갑시다. 일이 이렇게 되어 버린 이상 이러나저러나 어차피 별 차이 없을 테니까."

그러나 벤 프라이스 형사는 이상하다는 얼굴로 말했다.

"뭔가 잘못 알고 계시는 것 같군요, 스펜서 씨."

그는 덧붙여 말했다.

"나는 당신을 모릅니다. 저기, 당신 마차가 기다리고 있군요."

이렇게 말한 벤 프라이스는 몸을 돌려 천천히 길을 따라 사라져 갔다.

천 달러

"천 달러입니다."

변호사 톨먼은 엄숙하고 점잖게 되풀이했다.

"돈 여기 있습니다."

질리언은 빳빳한 오십 달러 지폐 한 뭉치를 만지작거리면서 몹시 재미있다는 듯이 소리 내어 웃었다.

"이거 참 난처한 액수인걸요."

그는 변호사를 향해 상냥하게 말했다.

"이게 만 달러라면 남자로서 한번 폼 나게 써 보기나 할 텐데 말입니다. 그냥 오십 달러짜리 지폐였다면 이렇게 골치 아프지는 않았을 거고요."

"선생은 제가 읽어 드린 숙부님의 유언을 들으셨으니까 말씀 드리지요."

톨먼 변호사는 사무적인 투로 계속 말했다.

"그 세부 사항에 관해서 세심하게 주의를 기울이셨는지 모르겠습니다만, 한 가지만은 꼭 주의를 드려야겠습니다. 선생은 천 달러를 쓰는 순간 그 용도를 저희에게 보고하시도록 되어 있습니다. 유언에 그 조건이 명시되어 있습니다. 저는 선생이 돌아가신 숙부님의 유언을 기꺼이 따르시리라고 믿습니다."

"믿으셔도 좋습니다."

질리언은 정중하게 말했다.

"설령 그 때문에 비용이 별도로 들더라도 말입니다. 차라리 비서를 채용하는 편이 좋을지 모르겠군요. 저는 계산이 통 서툴러서요."

질리언은 그곳에서 나와 클럽으로 갔다. 그는 거기서 브라이슨 영감이라는 사람을 만났다.

브라이슨 영감은 나이 마흔에 은퇴한 조용한 사람이었다. 그는 한쪽 구석에서 책을 읽고 있다가 질리언이 다가오는 것을 보고는 한숨을 쉬면서 책을 내려놓고 안경을 벗었다.

"브라이슨 영감님, 눈 좀 떠 보세요."

질리언이 말을 건넸다.

"재미있는 얘기가 있다고요."

"그래? 그런 이야기라면 당구장에 있는 다른 사람에게 말해 주는 게 어떤가? 내가 얼마나 자네 얘기를 듣기 싫어하는지 알잖아?"

"이번에는 다른 때와는 달라요. 훨씬 기막힌 얘기라고요."

질리언은 잎담배를 말면서 말했다.

"이 얘기를 영감님께 말씀드리게 되어 기쁜걸요. 딸가닥거리는 당구공 소리를 들으면서 얘기하기에는 좀 진지한 내용이고, 또 좀 묘하지요. 저는 지금 돌아가신 삼촌의 합법적인 해적 사무소에 갔다 오는 길이에요. 삼촌은 저한테 딱 천 달러를 남기셨어요. 그러니 그 천 달러를 가지고 남자가 도대체 뭘 할 수 있겠어요?"

"난 또 뭐라고."

브라이슨 영감이 별 관심 없다는 듯 대답했다.

"돌아가신 자네 삼촌이 오십만 달러 정도의 재산은 가지고 있는 줄 알았지."

"맞아요."

질리언은 즐겁다는 듯 맞장구를 쳤다.

"바로 그 점이 웃기는 거라고요. 삼촌이 재산을 몽땅 세균한테 남기고 갔어요. 말하자면, 재산의 일부는 새로운 세균을 발명한 사람들한테 남기셨고, 나머지는 그 세균을 퇴치하는 병원을 설립하는 자금으로 내놓으신 거예요. 그 밖에 한두 가지 자질구레한 유언이 더 있어요. 이를테면 집사와 가정부한테 반지와 십 달러씩을 남겼다거나, 조카인 저한테 천 달러를 남겨 주었다든지 하는 것들이지요."

"자네는 늘 용돈이 풍족하지 않았나."

브라이스 영감이 나무라듯 말했다.

"아주 많았지요."

질리언이 인정했다.

"삼촌은 푼돈에 관해서는 옛날 얘기에 나오는 대모나 마찬가지였으니까요."

"다른 상속자는 없나?"

브라이스 영감이 물었다.

"아무도 없어요."

질리언은 담배를 피우며 이맛살을 찌푸리더니 불쾌한 듯 덮개를 씌운 가죽 소파를 걷어찼다.

"아니다, 삼촌이 돌봐 주던 헤이든이 있었군요. 삼촌 댁에 살았어요. 음악을 좋아하는 조용한 여자이지요. 불행하게도 삼촌의 친구분 딸인 모양이에요. 아, 말씀드리는 걸 잊었군요. 그녀 역시 반지 하나와 십 달러를 물려받았지요. 차라리 저도 그렇게 받았다면 좋았을 텐데. 그러면 술이나 두어 병 마시고, 반지는 웨이터에게 팁 대신으로 줘 버리면 깨끗이 다 끝날 텐데 말이에요. 나이가 좀 많다고 너무 놀리지 마십시오. 브라이슨 영감님, 대체 남자가 천 달러로 뭘 할 수 있는지 좀 가르쳐 달란 말입니다."

브라이슨 영감은 안경을 닦고 빙그레 웃었다. 질리언은 브라이슨 영감이 웃을 때는 평소보다 호되게 공격을 한다는 것을 알고 있었다.

"천 달러라면, 많기도 하고 적기도 한 액수야. 어떤 사람은 그 돈으로 집을 사서 행복한 가정을 꾸릴 수도 있고, 또 어떤 사람은 아픈 마누라를 따뜻한 남부로 요양 보내 목숨을 구할 수도 있겠지. 천 달러가 있으면 육, 칠, 팔월 석 달 동안 젖먹이 백 명에게 신선한 우유를 대 줄 수 있지. 그렇다면 적어도 오십 명의 목숨은 살릴 수 있을 거야. 그런 것 아니어도 비밀 화랑에 가서 천 달러를 밑천으로 노름을 해서 삼십 분쯤 기분 전환을 할 수도 있네. 장래가 촉망되는 소년에게 장학금으로 줄 수도 있을 테고. 듣기로는, 어제 어느 경매에서 진짜 코로의 그림이 바로 천 달러에 낙찰되었다고 하더군. 또는 뉴햄프셔 주의 어느 도시로 옮겨 가서 한 이 년쯤 행복하게 살 수도 있겠지. 또 매디슨 광장을 하루 저녁 빌려 추정 상속인이라는 지위의 불확실성에 대해 한바탕 강연을 할 수도 있겠군. 물론 청중이 있을 경우를 말하는 거지만."

"설교만 하지 않는다면 사람들이 모두 영감님을 좋아할 텐데 말이에요."

질리언은 흥분을 가라앉히고 말했다.

"영감님, 어쨌든 천 달러로 제가 무엇을 할 수 있는지 그걸 가르쳐 달라고 부탁드리고 있는 겁니다."

"자네가 말인가?"

브라이슨 영감은 상냥하게 웃으며 말했다.

"이봐, 바비 질리언. 자네가 할 수 있는 그럴듯한 일이 꼭 하나 있네. 그 돈으로 로터 로리어에게 다이아몬드 목걸이를 하나 사 주고, 자네 자신은 아이다호에 가서 목장 신세나 지는 거야. 양 치는 목장으로 갈 것을 권하네. 나는 특히 양을 싫어하지만 말일세."

"고맙습니다."

질리언은 일어나서 말했다.

"브라이슨 영감님이면 틀림없이 힘이 되리라 생각했죠. 그거 좋은 생각입니다. 전 이 돈을 한꺼번에 써 버리고 싶었거든요. 사용 내역을 제출해야 하는데, 저는 일일이 명세서를 만드는 일 따윈 딱 질색이란 말입니다."

질리언은 전화로 마차를 불러 마부에게 말했다.

"콜럼바인 극장의 무대 출입구로 가 주시오."

로터 로리어가 화장을 하고 출연 준비를 거의 끝냈을 때, 그녀의 의상 담당이 질리언의 이름을 전했다.

"들어오시라고 해요."

로리어가 말했다.

"바비, 무슨 일이에요? 난 이 분 뒤엔 무대에 나가야 해요."

로리어가 질리언을 보고 놀라 말했다.

"좋아. 이 분도 안 걸릴 거야. 근데, 당신 오른쪽 귀는 토끼 발을 닮았군."

질리언이 짓궂게 말했다.

"그렇지만 그게 오히려 매력적이야. 그건 그렇고 어떤 목걸이를 좋아하는지 말해 줄래? 가격이 공 세 개 앞에 일이 하나 붙은 정도면 사 줄 수 있어."

"정말이에요? 당신이 골라 주는 거라면 뭐든지 좋아요."

로리어는 기뻐하며 소리쳤다.

"애덤스, 내 오른쪽 장갑을 줘요. 저기요, 바비. 지난번에 델라가 하고 있던 목걸이 보셨어요? 티파니 상점에서 2천 2백 달러 줬대요. 하지만 물론…… 애덤스, 이 허리띠를 조금 왼쪽으로 잡아당겨 줘요."

“로리어, 곧 개막 합창을 시작합니다.”

밖에서 호출 소년이 외쳤다.

질리언은 마차가 기다리고 있는 곳으로 천천히 걸어갔다.

“만일 천 달러가 있다면 당신은 무얼 하겠소?”

질리언은 이렇게 마부에게 물었다.

“술집을 차리죠.”

마부는 쉰 목소리로 금방 대답했다.

“떼돈을 벌 만큼 목이 좋은 곳을 알고 있지요. 길모퉁이에 있는 사층 건물입니다. 이건 제가 궁리한 건데요, 이층에는 중국 음식점을, 삼층에는 매니큐어와 수입 상품을 파는 상점을 차리고, 사층에는 당구장을 꾸미는 거죠. 만일 선생께서 정말 하실 생각이 있다면…….”

“아니, 아니요.”

질리언이 단호하게 말했다.

“나는 그저 호기심으로 물어봤을 뿐이오. 마차를 시간제로 빌립시다. 내가 세우라고 할 때까지 몰아 주시오.”

질리언은 지팡이로 마차의 말을 쿡 찔러, 브로드웨이를 마구 달려가게 했다. 길거리에서 장님이 의자에 앉아 연필을 팔고 있었다. 질리언은 마차에서 내려 장님 앞에 섰다.

“실례합니다.”

질리언은 장님에게 말을 건넸다.

"만일 당신한테 천 달러가 있다면 무얼 할 것인지 말해 주지 않겠소?"

"당신은 방금 도착한 저 마차에서 내리신 분이죠?"

장님은 이렇게 물었다.

"그렇소."

"대낮에 마차를 타고 돌아다니는 것도 좋겠죠. 괜찮다면, 이것 좀 보시죠."

장님은 웃옷 주머니에서 조그만 수첩을 꺼내 질리언에게 내밀었다. 그것을 펴 보니 은행 예금 통장이었다. 1,785달러가 예금되어 있었다.

질리언은 통장을 돌려주고 마차에 올랐다.

"잊은 게 있었군."

질리언은 혼자 중얼거렸다.

"톨먼과 샤프 법률 사무소로 가 주시오. 브로드웨이에 있소."

톨먼 변호사는 금테 안경 너머로 질리언을 조심스럽게 살폈다.

"실례합니다."

질리언이 힘차게 말했다.

"한 가지 묻고 싶습니다. 주제넘은 질문이 되지 않았으면 합니다만, 헤이든은 삼촌의 유언으로 반지와 십 달러 외에 더 받은 것은 없습니까?"

"아무것도 없습니다."

톨먼 변호사는 대답했다.

"그렇습니까? 전 이만 가 보겠습니다. 고맙습니다."

이렇게 말하고 질리언은 마차로 돌아갔다. 그러고는 세상을 떠난 삼촌의 집 주소를 마부에게 알려 주었다.

헤이든은 서재에서 편지를 쓰고 있었다. 그녀는 몸집이 자그마하고 날씬했는데, 검은 상복을 입고 있었다. 하지만 눈매는 사람의 마음을 끌 만큼 아름다웠다. 질리언은 마치 이 세상을 대수롭지 않게 여긴다는 듯 자유분방한 태도였다.

"실은 방금 톨먼 법률 사무소에서 오는 길이오."

질리언은 다시금 덧붙였다.

"거기선 열심히 유언장을 검토하고 있더군요. 그래서 발견한 것입니다만……."

질리언은 잠시 법률 용어를 기억해 내느라 애썼다.

"유언장에서 '정정개소'인지 '추가개소'인지 하는 것을 발견했지요. 삼촌은 생각이 바뀌셨는지 좀 관대해지셔서 당신에게 천 달러를 남겨 놓으셨나 보더군요. 마침 내가 이리로 오는 길이어서 톨먼은 나더러 당신에게 그 돈을 전해 달라고 부탁하더군요. 여기 있습니다. 맞는지 한번 세어 보세요."

헤이든은 얼굴이 새파래졌다.

"어머나!"

이렇게 말하고는 또다시 소리쳤다.

"어머나!"

질리언은 비스듬히 등을 돌려 창밖을 내다보았다.

"물론 내가 당신을 사랑하고 있다는 것을 알고 있지요?"

질리언은 나직한 목소리로 말했다.

"미안해요."

헤이든은 돈을 집어 들며 말했다.

"그럼 안 된단 말이군요?"

질리언은 더욱더 활발한 목소리로 말했다.

"미안해요."

그녀는 또다시 이렇게 말했다.

"잠깐 편지를 쓰고 싶은데 괜찮겠어요?"

질리언은 미소를 지으면서 물었다. 그리고 큼직한 책상 앞에 가서 앉았다. 그녀는 그에게 종이와 펜을 가져다주고 곧 자기 책상으로 돌아갔다.

질리언은 천 달러의 사용 내역을 다음과 같이 적었다.

말썽꾼 로버트 질리언은 하늘의 은혜에 힘입어 영원히 행복하기를 바라는 마음으로 이 세상에서 가장 훌륭하고 소중한 여성에게 천 달러를 지불했음.

질리언은 사용 내역을 적은 명세서를 봉투 속에 집어넣더니 헤이든에게 꾸벅 인사를 한 뒤 나가 버렸다.

그의 마차는 다시 톨먼과 샤프 법률 사무소 앞에 멈췄다.

"그 천 달러를 다 써 버렸습니다."

질리언은 금테 안경을 쓴 톨먼 변호사에게 큰 소리로 말했다.

"그리고 조건대로 사용 내역 명세서를 가져왔습니다. 이제는 여름인 것 같군요. 그렇게 생각하지 않으십니까? 톨먼 변호사님?"

질리언은 흰 봉투를 변호사 책상 위에 올려놓았다.

"여기 천 달러를 쓴 내역서가 들어 있습니다."

톨먼 변호사는 봉투에는 손도 대지 않은 채 문 쪽으로 가서 동업자인 샤프를 불렀다. 두 사람은 함께 거대한 금고 속을 뒤적거렸다. 그러더니 밀봉된 큼직한 봉투를 꺼냈다. 그들은 공들여 그 봉투를 뜯고 내용물을 꺼내 보더니 점잖게 고개를 끄덕였다. 톨먼 변호사가 대변자가 되어 입을 열었다.

"질리언 선생."

그는 사무적인 투로 말했다.

“숙부님의 유언장에는 추가 조항이 있었습니다. 그것을 남몰래 저희에게 맡기시면서, 선생이 상속받은 천 달러에 관한 상세한 지출 명세서를 제출하기 전에는 절대로 뜯어보지 말라고 하셨습니다. 이제 선생이 그 조건을 이행하셨으므로 방금 제 동업자와 저는 그 추가 조항 문서를 읽어 보았습니다. 법률 용어 때문에 이해하시기 어려울지도 모르니, 제가 그 내용의 요점을 간추려 말씀드리지요. 선생이 천 달러를 가치 있게 사용했다는 것이 증명되면, 선생에게는 막대한 이익이 돌아가게 됩니다. 샤프 변호사와 제가 그 판정인으로 지명되어 있습니다. 정의에 따라 엄격하게, 또한 관용으로써 우리 임무를 수행할 것을 약속드리지요. 질리언 선생, 우리는 유언이 선생에게 불리하게 처리되는 것을 결코 원하지 않습니다. 아무튼 유언장의 추가 조항 내용으로 돌아가 보기로 합시다. 문제의 천 달러에 관한 선생의 처분이 신중하고 현명하며, 아울러 자신만을 위한 것이 아니라면, 우리는 선생에게 오만 달러 상당의 채권을 넘겨 드리도록 권한이 주어져 있습니다. 그 채권은 그런 목적으로 우리가 보관하고 있지요. 돌아가신 숙부님이 분명히 밝혀 놓고 계십니다만, 만일 선생이 그 돈을 과거와 같은 방식으로 쓰셨을 경우를 말씀드리겠습니다. 불명예스러운 친구들과 더불어 비난받을 만큼 낭비를 해 버리셨을 경우, 오만 달러는 즉시 돌아가신 숙부님이 보살펴 오셨던 헤이든 양에게 돌아가게 되어 있습니다. 그러면 질리언 선생, 이제 샤프 변호사와 제가 천 달러에 관한 선생의 사용 내역 명세서를 검토하겠습니다. 물론 서면으로 제출하셨을 줄 압니다. 우리의 판정을 전적으로 믿어 주시기 바랍니다."

톨먼 변호사가 손을 뻗어 봉투를 집으려는 찰나 질리언이 한 발 앞서 그 봉투를 낚아챘다. 그러고는 유유히 사용 내역 명세서를 봉투와 함께 찢어 버리더니 호주머니에 쑤셔 넣었다.

"그러실 것 없습니다."

질리언은 빙그레 웃으면서 말했다.

"이 일로 두 분을 귀찮게 해 드릴 필요가 조금도 없을 것 같아서요. 어차피 명세서에 적어 놓은 세부 내용을 모르실 테니까요. 그 천 달러는 경마로 날려 버렸습니다. 그럼, 안녕히 계십시오."

질리언이 나가자, 톨먼과 샤프 변호사는 서로 얼굴을 마주 보고 안타깝다는 듯 고개를 저었다. 복도에서 엘리베이터를 기다리며 불어 대는 질리언의 휘파람 소리가 경쾌하게 들려왔다.

마녀의 빵

마더 미첨은 길모퉁이에서 조그마한 빵 가게를 하고 있었다. 계단을 세 개쯤 올라가 문을 열면 종이 딸랑딸랑 울리는 그런 가게였다.

마더는 올해 마흔 살이었다. 은행 통장에는 예금 이천 달러가 있었고, 의치 두 개를 해 넣은 정이 많은 여자였다. 세상에는 마더보다 못한 여자들도 결혼해서 잘살고 있었다. 마더에게 결혼할 기회가 아주 없었던 것은 아니었지만 결국 그녀는 지금 혼자였다.

일주일에 두세 번쯤 그녀의 가게를 찾아오는 손님이 있었다. 마더는 그 남자에게 관심을 갖기 시작했다. 그는 안경을 쓴 중년 남자로, 뾰족한 턱에는 늘 갈색 수염이 말끔하게 깎여 있었다.

그는 독일 악센트가 강하게 섞인 영어를 사용했다. 또 헐렁하고 구겨진 옷을 여기저기 기워서 입고 있었다. 그러나 언제 보아도 말쑥했고, 매우 깍듯했다.

그는 늘 딱딱하게 굳은 빵 두 덩어리를 사 갔다. 갓 구운 빵은 한 개에 5센트였지만, 어제 만들어 굳은 빵은 두 개에 5센트였다. 그는 늘 굳은 빵만 찾았다.

언젠가 마더는 그의 손가락에 붉고 누런 얼룩이 묻어 있는 것을 보았다. 그때 그녀는 그가 몹시 가난한 생활을 하고 있는 화가라고 생각했다. 보나 마나 어느 다락방에 살면서 그림을 그리고, 딱딱하게 굳은 빵을 먹으면서 마더 가게에 있는 맛있는 빵들을 생각하고 있을 것만 같았다.

마더는 두툼한 고기와 잼을 넣어 부풀린 부드러운 롤빵과 따뜻한 홍차가 놓인 식탁에 앉을 때면, 곧잘 한숨을 쉬며 생각했다.

'그 점잖은 화가가 썰렁한 다락방에서 딱딱하게 굳어 버린 빵을 혼자 먹는 대신, 나와 함께 이 맛있는 식사를 한다면 얼마나 좋을까.'

앞서 말했듯이 마더는 매우 정이 많은 여자였다.

어느 날 마더는 그의 직업에 관한 자신의 짐작이 맞는지 확인해 보려고 그림 한 장을 꺼내 왔다. 전에 경매장에서 사 둔 그림이었다. 그리고 그것을 계산대 뒤에 걸어 놓았다.

그 그림은 베니스의 풍경화였다. 웅장한 대리석 궁전(그림에는 이렇게 적혀 있었다)이 앞쪽에 그려져 있었으며, 그 밖에 곤돌라(물에 손을 담근 귀부인이 타고 있었다)와 구름과 하늘이 그려진 그림으로 명암 기법이 많이 사용되었다. 화가라면 누구나 이 그림에 주목하지 않을 수 없었다.

이틀 뒤에 그 손님이 찾아왔다.

"미안하지만 어제 구운 빵을 두 개 주십시오."

그녀가 빵을 싸고 있는데 그가 말했다.

"훌륭한 그림이군요."

"그래요?"

마더는 자신이 생각한 것이 맞아 들어가자 속으로 기뻐하며 말했다.

"저는……(아니다, 여기서 이렇게 빨리 '화가'라는 말을 해 버리면 안 되지), 그림을 무척 좋아해요."

그녀는 그의 눈치를 살피며 말을 이었다.

"그런데 정말 좋은 그림이라고 생각하세요?"

"궁전은 제대로 그려져 있지 않군요. 원근법도 잘못되어 있고요. 그럼, 안녕히 계십시오."

그는 빵을 받아 들자 인사를 하고는 서둘러 밖으로 나가 버렸다.

'맞아, 역시 저 사람은 화가야.'

마더는 그림을 다시 자기 방에 갖다 놓았다.

'그의 눈은 안경 속에서 어쩌면 그렇게 부드럽고 상냥하게 빛나는 걸까! 그의 이마는 어쩌면 그렇게 시원스럽게 넓을까! 단번에 원근법을 판단할 수 있다니! 그런데도 굳은 빵을 먹으면서 힘들게 살고 있다니! 하기야 천재란 세상에서 인정을 받을 때까지는 고생하는 일이 흔한 법이지.'

만일 그 천재가 은행 예금 이천 달러와 빵 가게와 상냥하고 정 많은 마음을 받는다면 그림을 위해서나 원근법을 위해서 얼마나 좋은 일인가? 하지만 그것은 그저 꿈일 뿐이었다.

요즘 들어 그는 가게에 들르면 진열장 너머로 잠시 이야기를 나누다가 돌아가는 일이 잦았다. 그는 마더의 활달한 말솜씨를 좋아하는 것처럼 보였다.

그는 여전히 하루 지난 빵을 사 갔다. 케이크나 파이도, 그녀가 가장 자신 있게 구워 내는 부드러운 쿠키 한 조각도 사 가지 않았다.

그녀는 그가 점점 여위어 가고 힘이 없어 보여 걱정이 되었다. 그가 사 가는 초라한 빵에 무언가 맛있는 것을 보태 주고 싶은 생각이 간절했지만, 막상 그럴 때가 되면 좀처럼 용기가 나지 않았다. 그에게 창피를 주고 싶지 않았다. 예술가는 자존심이 무척 강하다는 것을 알고 있기 때문이었다.

언제부터인가 마더는 가게에 있을 때면 물방울무늬가 있는 비단 블라우스를 즐겨 입었다. 또 마르멜루 씨앗과 붕사로 신비한 혼합물을 만들었다. 그것은 얼굴의 혈색이 좋아진다고 해서 많은 사람이 사용하는 것이었다.

어느 날 그가 여느 때처럼 가게에 들어와서 진열장 위에 오센트짜리 동전을 놓고 굳은 빵을 달라고 했다. 마더가 빵을 꺼내려는데, 갑자기 요란한 사이렌 소리가 들려오고, 소방차가 부산하게 지나갔다.

누구나 그렇듯이, 그는 호기심에 재빨리 문 쪽으로 가서 밖을 내다보았다. 그 순간 문득 좋은 생각이 떠올랐다. 마더는 그 기회를 놓치지 않았다.

진열장 맨 아래쪽 선반 구석에는 신선한 버터가 오백 그램쯤 있었다. 우유 장수가 십 분 전에 놓고 간 것이었다. 마더는 빵 칼로 굳은 빵을 깊숙하게 자르고는 그 속에 버터를 듬뿍 밀어 넣고 빵을 다시 꼭 붙여 놓았다.

그가 다시 돌아왔을 때 그녀는 빵을 종이에 싸고 있었다. 그는 여느 때와 달리 밝게 웃으며 이야기를 나누고 돌아갔다. 마더는 혼자서 빙긋이 웃었지만 가슴이 계속 두근거렸다.

'내가 너무 대담했던 것이 아닐까? 혹시 그의 기분을 상하게 하는 것은 아닐까? 아니야, 결코 그렇지는 않을 거야. 꽃말은 있어도 음식말이라는 것은 없잖아. 버터가 여자답지 않은 행동의 상징일 리는 없으니까.'

그날 그녀는 하루 내내 그 일만 생각하고 있었다. 그가 자신의 조그만 꾀를 발견할 때의 광경을 수없이 상상해 보았다.

'그는 손에 든 붓과 팔레트를 내려놓는다. 화판 위에는 그리고 있는 그림이 얹혀 있을 거야. 원근법은 참으로 훌륭해서 한 점 나무랄 데가 없는 그런 것이야. 그는 굳은 빵과 물을 가져다 점심 준비를 하겠지. 그러고는 빵을 칼로 자른다. 아!'

마더는 양 볼이 발갛게 달아올랐다.

'그는 빵을 먹으면서 그 속에 버터를 넣은 내 마음을 생각해 줄까? 그는…….'

그때 가게의 방울이 요란하게 울렸다. 누군가가 요란스레 구두 소리를 내면서 들어오고 있었다. 마더는 서둘러 가게로 나갔다. 두 남자가 서 있었다. 한 사람은 젊은 남자인데 담배를 피우고 있었다. 이제껏 본 적이 없는 얼굴이었다. 다른 한 사람은 그 화가였다.

화가의 얼굴은 시뻘겋게 달아올라 있었고, 모자가 비스듬히 쓰인 채 머리카락이 마구 헝클어져 있었다. 그는 꽉 움켜쥔 두 주먹을 마더를 향해 맹렬하게 흔들어 댔다. 아무것도 모르는 마더에게 말이다.

"이 바보야!"

그는 엄청나게 큰 소리로 외쳤다. 그러고는 계속해서 독일어로 욕을 퍼부었다.

젊은 남자가 그를 데리고 나가려 했다.

"난 그냥 나갈 수 없어!"

그는 잔뜩 화가 나서 말했다.

"이 여자한테 말해 줘야 해."

그는 진열장을 두 주먹으로 쾅 내리쳤다.

"당신 때문에 난 이제 끝장이라고!"

그는 소리를 쳐 댔다. 그의 푸른 눈은 안경 안에서 이글거리고 있었다.

"알겠어? 이 주제넘은 고약한 여자야!"

마더는 비틀거리며 진열장에 기대서서 한 손으로 물방울무늬가 있는 비단 블라우스를 만지작거렸다. 젊은 남자가 그를 붙잡고 말했다.

"자, 그만 가요. 그쯤 말했으면 됐어요."

젊은 남자는 여전히 화를 내고 있는 그를 밖으로 끌어내 놓고 다시 돌아왔다.

"아주머니, 역시 이 말은 해 두는 편이 좋겠군요. 어째서 이런 소란이 일어나게 됐는지 말입니다. 저 분은 블럼버거라고 합니다. 건축 설계사이지요. 저도 그분과 같은 사무실에서 일하고 있습니다."

젊은 남자는 잠시 사이를 두고 나서 말했다.

"그분은 지난 석 달 동안 새로운 시청 설계도를 그리는 데 몰두해 왔습니다. 공모전에 응모할 작정으로 말이지요. 그리고 어제 간신히 선을 잉크로 그리는 단계까지 완성했습니다. 아시다시피 설계사들은 먼저 연필로 초안을 그린답니다. 그것이 완성되면 굳은 빵 조각으로 연필 자국을 지우지요. 그 편이 고무지우개보다 훨씬 잘 지워지기 때문이지요."

그는 이어서 말했다.

"블럼버거 씨는 그 빵을 댁에서 사 쓰고 있었습니다. 그런데 오늘…… 잘 아시겠지만, 그 버터가…… 결국 블럼버거 씨의 설계도는 엉망이 되어 버린 겁니다. 이제는 아무 쓸모가 없어졌지요."

마더는 방으로 들어갔다. 물방울무늬가 있는 비단 블라우스를 벗고, 늘 입던 낡은 갈색 옷으로 갈아입었다. 그러고는 마르

멜루 씨앗과 붕사를 섞은 혼합물을 창밖의 쓰레기통에 쏟아 버렸다.

매디슨 광장의 아라비안나이트

오후 무렵, 매디슨 광장 가까운 곳에 자리한 아파트에 사는 카슨 챌머스는 하인 필립스에게서 우편물을 건네받았다. 우편물 중에는 외국의 소인이 찍혀 있는 우편물이 두 통이나 있었다.

그중 한 통에는 어느 여자의 사진이 들어 있었다. 또 다른 한 통에는 다른 여자에게서 온 긴 편지가 들어 있었다. 챌머스는 꽤 긴 시간 동안 그것을 읽었다. 거기에는 마치 달짝지근한 꿀을 바른 독 가시 같은 사연과 사진의 주인공에 관한 비아냥거림이 가득 차 있었다.

챌머스는 이 편지를 갈기갈기 찢어 버리고는 값비싼 양탄자

위를 왔다 갔다 하며 서성거리기 시작했다. 우리 속에 갇힌 밀림의 야수가 그렇듯이, 사람도 의혹이라는 우리 속에 갇혀 있을 때에는 그렇게 안절부절못하고 서성거리는 법이다.

이윽고 불안한 마음이 간신히 가라앉았다. 그의 양탄자는 마법의 양탄자가 아니었다. 5미터쯤이라면 타고 날 수도 있겠지만, 천 6백 킬로미터나 되는 먼 데까지 날아갈 힘은 없었다.

필립스가 나타났다. 그는 평범하게 걸어 들어오는 적이 드물었다. 귀신처럼 늘 홀연히 모습을 드러냈다.

"주인님, 저녁은 여기서 드시겠습니까? 아니면 밖에서 드시겠습니까?"

필립스가 주인에게 물었다.

"여기서 먹겠다."

챌머스가 대답했다.

"삼십 분 뒤에 말일세."

그러고 나서 그는 인기척 없는 길가에서 바람의 신이 트롬본을 연주하는 듯한 1월의 바람 소리에 음산한 기분으로 귀를 기울였다.

"잠깐 기다리게."

그는 막 나가려는 필립스를 불러 세웠다.

"아까 광장 끝을 지나오다 보니 많은 사람이 줄을 지어 서 있더군. 누군가가 무엇을 올라타고 무어라고 떠들어 대고 있었네. 자네는 사람들이 왜 그곳에 줄을 지어 모여 있었는지 알고 있나?"

"주인님, 그들은 갈 곳이 없는 사람들입니다."

필립스가 대답했다.

"상자 위에 서 있는 사람은 그 사람들에게 하룻밤 잠잘 곳을 마련해 주려고 그러는 것입니다. 지나가던 사람들이 주위에 몰려들어 그 사람의 말을 듣고 돈을 내면, 그 사람은 그 돈으로 재울 수 있는 만큼의 인원을 싸구려 여인숙으로 보내는 겁니다. 그래서 그렇게 줄을 지어 서 있는 겁니다. 선착순으로 잘 곳을 얻게 되니까요."

"그렇다면, 저녁 식사 준비가 다 되거든 그 가운데서 한 사람을 이리로 데리고 오게. 나와 함께 저녁을 먹도록 말이야."

"누, 누, 누구를요?"

필립스가 말을 더듬거린 것은 이 집에서 일을 시작한 뒤 처음 있는 일이었다.

"누구라도 좋다."

챌머스가 말했다.

"주정뱅이나 불결한 사람만 아니면 괜찮아. 알겠나?"

카슨 챌머스가 아라비아의 임금님 노릇을 하는 적은 좀처럼 없었다. 하지만 그날따라 그는 몹시 우울했는데, 오늘은 울적함을 달랠 때 흔히 쓰던 약이 잘 들을 것 같지 않았다. 무언가 엄청나고 터무니없는 것, 아라비아적인 냄새가 짙게 풍기는 것이 아니면 마음을 달랠 수 있을 것 같지가 않았다.

삼십 분이 지난 뒤, 필립스는 마치 마법 램프의 노예처럼 맡은 일을 모두 완수했다. 아래층 식당에서 웨이터들이 맛있는 요리를 날라 왔다.

두 사람 자리가 마련된 식탁 위에는 분홍빛 갓을 씌운 촛불이 환하게 빛나고 있었다.

마침내 필립스가 추기경이라도 안내하듯, 또는 도둑이라도 연행하듯 무료 숙박을 구걸하며 줄지어 있던 사람들 가운데서 데려온 손님과 함께 홀연히 모습을 나타냈다. 그 손님은 마치 사시나무처럼 떨고 있었다.

우리는 흔히 이런 사람들을 '난파선'이라고 부른다. 비유해서 말한다면, 지금 여기에 끌려온 사람은 갑자기 불이 나서 불운을 겪게 된 특별한 난파선이라고 할 수 있을 것이었다. 그러나 파도에 표류하는 이 폐선은 아직도 꺼지지 않고 여기저기 타오르고 있는 불꽃으로 빛나고 있었다. 그의 얼굴과 손은 이제 막 씻어서 깨끗했다. 이것은 필립스가 강요한 것으로, 무참히 깨진 관습에 관한 일종의 의식이었다.

촛불에 비춰진 그의 모습은 우아하게 장식된 이곳에서는 하나의 오점처럼 보였다. 그의 얼굴색은 병에 걸린 듯이 창백했으며, 아일랜드산 빨간 털 스웨터 같은 수염이 거의 온 얼굴을 덮고 있었다. 길게 늘어뜨린 옅은 갈색 머리털은 늘 쓰고 있는 모자 때문에 머리에 딱 달라붙어서 필립스의 강한 빗도 말을 듣지 않았다. 그의 눈은 잔혹한 학대자에게 쫓긴 들개처럼 깊은 절망과 교활한 반항의 빛을 띠고 있었다. 초라한 웃옷은 위쪽에 단추가 달려 있었고 칼라 깃이 4분의 1인치쯤 나와 있었다. 챌머스가 둥근 식탁 건너편 의자에서 일어났을 때, 이상하게도 그의 태도에는 조금도 당황하는 기색이 보이지 않았다.

"괜찮다면, 나와 함께 저녁을 먹었으면 좋겠소."

손님을 초대한 주인이 입을 열었다.

"저는 플루머라고 합니다."

한길에서 온 손님은 거친 말투로 대답했다.

"만일 주인어른이 제 입장이시라면, 함께 식사할 사람의 이름쯤은 알고 계셔야 할 것 같군요."

"그렇지 않아도 지금 막 물어보려던 참이었소."

챌머스는 다소 당황한 듯이 말했다.

"나는 챌머스요. 자, 앉으시오."

약간 성이 난 듯한 플루머는 무릎을 굽혀 필립스가 엉덩이 밑으로 의자를 밀어 넣어 주기를 기다렸다. 전에도 식사 때 이런 시중을 받아 본 적이 있는 듯한 태도였다. 필립스는 잔고기 요리와 저민 소고기찜을 식탁 위에 차려 놓았다.

"정말 멋지군요!"

플루머가 큰 소리로 말했다.

"여러 코스가 나오는 정식 만찬을 대접해 주실 모양이군요. 인자하신 바그다드의 임금님, 좋습니다. 그럼, 저도 식사가 끝나고 이쑤시개가 나올 때까지 주인어른의 셰에라자드(날마다 남편에게 이야기를 들려주는 '아라비안나이트'에 나오는 왕비)가 되어 드리지요. 주인어른은 제가 망한 뒤에 처음으로 뵙는 진짜 동양적인 체취가 풍기는 임금님입니다. 아, 참으로 운이 좋았군요. 저는 그 행렬에서 마흔세 번째에 있었습니다. 막 순번을 세고 있을 때 주인어른의 심부름꾼이 와서 향연에 초대해 준 것입니다. 오늘 밤에 제가 잠자리를 얻을 수 있는 확률은 마치 다음 대통령 자리에 당선되는 것만큼이나 어려운 일이었습니다. 알라시드 같으신 주인어른, 제 슬픈 신세타령을 어떻게 얘기하면 좋겠습니까? 요리가 한차례씩 나올 때마다 새로운 얘기를 한 가지씩 할까요, 아니면 담배를 피우고 커피를 마시면서 한꺼번에 얘기할까요?"

"보아 하니 당신은 이런 일을 처음 겪는 게 아닌 모양이로

군."

챌머스는 미소를 띠면서 말했다.

"바로 맞혔습니다. 이런 일이 어찌 한두 번뿐이겠습니까?"

손님이 대답했다.

"바그다드에 벼룩이 우글거리는 만큼이나 뉴욕에는 싸구려 알라시드가 우글우글하지요. 저는 벌써 스무 번이나 맛있는 음식을 대접받는 대신 제 신세타령을 해 왔습니다. 뉴욕에는 무엇을 공짜로 줄 사람은 하나도 없으니까요! 그들에게는 호기심이나 자선이라는 말이 건축 자재나 마찬가지지요. 대부분은 십 센트짜리 은화와 싸구려 잡탕 한 그릇을 대접해 줍니다. 그중 몇몇은 바그다드의 임금님 노릇을 하며 아주 맛있는 등심 고기를 사 주기도 하지요. 그러나 그들은 한결같이 우리를 붙들어 놓고는, 각주를 달듯 빠진 것을 보태듯 그야말로 자서전이라도 써낼 양 속속들이 캐묻는 겁니다. 단골 지하철인 바그다드 역에서 누군가가 식사 대접을 하려고 다가오는 걸 보면 어떻게 해야 하는지를 저는 잘 알고 있습니다. 아스팔트 바닥에 이마를 세 번 부딪친 다음, 저녁밥을 얻어먹으며 지껄일 얘기를 짜내는 겁니다. 말하자면 저는 미리 알기 쉽게 편곡된 곡목을 재미있게 짜내는 겁니다. 이미 계획된 곡목을 사람들 앞에서 노래하지 않으면 안 되었던, 고 토미 터커의 후계자인 셈이지요."

"나는 당신의 신상 얘기를 듣고 싶어서 그런 게 아니오."

챌머스는 말했다.

"솔직히 말해서 누군가 낯선 사람을 불러다가 함께 저녁을 먹고 싶어진 것은 갑자기 마음에 일어난 변덕 때문이오. 그러니까 공연한 내 호기심 때문에 고생할 필요는 조금도 없어요."

"천만에 말씀입니다!"

손님은 열심히 수프를 먹으며 말했다.

"누가 고생을 한답니까? 저는 바그다드의 임금님이 나타나시기만 하면, 당장 책장을 열어 읽을 수 있는, 표지가 빨간 동양 잡지와 같은 몸입니다. 사실대로 말씀드리면 잠자리를 구하려고 줄지어 서 있는 사람들 사이에는, 일종의 협정 요금 비슷한 게 있지요. 우리를 멈춰 세우고는, 도대체 어떻게 해서 이 꼴로 망하게 되었는지 알고 싶어 하는 사람들이 늘 많이 있으니까요. 이를테면 샌드위치와 맥주를 사 주는 사람에게는, 술 탓으로 이렇게 되었다고 얘기해 주지요. 소금에 절인 소고기에 양배추 요리와 커피를 사 주는 사람에게는, 무정한 집주인 얘기와 여섯 달 동안이나 투병하다가 직장을 잃어버렸다는 얘기를 들려주지요. 비싼 비프스테이크를 사 주고 숙박비 25센트까지 주는 사람한테는, 단번에 전 재산을 털어 버리고 몰락한 증권가의 비극을 이야기해 줍니다. 대체로 이런 식입니다만, 오늘 밤엔 좀 곤란해졌습니다. 이렇게 잘 차린 맛있는 음식을 대접받기는 처음이라서, 이에 걸맞은 이야깃거리가 없군요. 챌머스 선생님, 만일 들어 주시겠다면, 이런 식사에 보답하는 뜻에서 진짜 제 신상 얘기를 해 드리기로 하지요. 아마 꾸며 낸 이야기보다 믿기가 더 어려우실 겁니다."

한 시간이 지난 뒤, 필립스가 식탁을 치우고 커피와 담배를 들고 왔다. 그동안 아라비아의 손님은 흡족한 듯 가벼운 한숨을 쉬며 의자에 기대어 앉아 있었다.

"주인어른은 혹시 세러드 플루머라는 이름을 들어 본 적이 있으십니까?"

손님은 이상야릇한 미소를 지으며 물었다.

"네, 이름은 기억이 있는데요."

챌머스가 대답했다.

"그 사람 아마 화가였지요. 몇 해 전만 하더라도 꽤 유명한 사람이었습니다."

"5년 전이지요. 그런데 5년 전부터 그 사람은 마치 납덩어리처럼 가라앉고 말았습니다. 그 세러드 플루머가 바로 접니다. 제가 그린 마지막 초상화는 이천 달러에 팔렸지요. 그런데 그 뒤에는 공짜로 그려준다고 해도 초상화를 부탁하는 사람이 하나도 없었습니다."

"아니, 그건 또 왜요?"

챌머스는 호기심이 나서 이렇게 물어보지 않을 수 없었다.

"그게 참으로 이상한 일이었어요."

플루머는 침울하게 대답했다.

"글쎄, 저도 도무지 그 까닭을 몰랐습니다. 그때까지는 참으로 잘되고 있었거든요. 돈 많은 부유층 사람들 사이를 파고 들어가서 주문이 여기저기서 한꺼번에 몰려들고 있었으니까요. 신문에서는 저를 상류 사회적인 화가라고 떠들어 대더군요. 그러다가 바로 이상한 일이 일어나기 시작했습니다. 제가 그림을 다 그리고 나면 그것을 보러 몰려온 사람들이 기분 나쁜 듯이 서로 얼굴을 쳐다보며 무어라고 소곤거렸습니다. 얼마 뒤에 저도 그 이유를 알았지요. 제가 그린 초상화의 얼굴에 그 인물의 숨은 성격이 뚜렷이 드러나 있었던 것입니다. 그냥 보이는 대로 그렸을 뿐인데, 어째서 그게 초상화에 나타나는지 알 길이 없었지요. 어쨌든 제가 그리는 그림은 모두 그랬습니다. 부탁한 사람 가운데 몇몇은 몹시 화가 나서 초상화를 가져가려고 하지도 않더군요. 한번은 사교계에서 인기가 있는, 매우 아름다운 부인의 초상화를 그린 적이 있었습니다. 완성된 그림을 보러 온 그 부인의 남편은 묘한 표정을 지으며 그것을 바라보더니, 일주일 뒤에는 마침내 이혼 소송을 내고 말더군요. 또 한번은 저를 단

골로 돌봐 주던 어느 유명한 은행가가 초상화를 부탁했지요. 그 경우도 잊히지가 않습니다. 그분의 초상화가 제 화실에 걸려 있을 때, 그분의 친구 한 사람이 그걸 보러 왔었지요. 그런데 그는 초상화를 보더니, '이거 놀랍군. 정말 그 친구의 진짜 모습이 바로 이렇습니까?'라고 말하는 것이 아니겠어요. '그분 얼굴을 충실하게 그린다고 그렸지요.'라고 대답했지요. 그랬더니 그 사람은 '그 친구 눈언저리에 이런 표정이 있는 줄은 여태껏 몰랐네. 곧바로 시내로 가서 예금을 다른 은행으로 옮겨야겠어.'라고 말했습니다. 그러고 나서 그 사람은 부랴부랴 시내 은행으로 갔지만, 그때는 벌써 그의 은행 예금이 다 날아가 버린 뒤였습니다. 그 유명한 은행가 역시 자취를 감춰 버리고 말았습니다. 그 뒤 얼마 되지 않아 곧 저는 실업자 신세가 되었습니다. 자기가 숨기고 있는 비열함이 초상화에 드러나는 것을 좋아할 사람은 아무도 없지요. 사람은 미소를 짓거나 얼굴을 찌푸리거나 해서 남을 속일 수 있지만, 그림은 그렇게 되지 않습니다. 더는 주문이 들어오지 않아서 저는 초상화가를 포기하는 수밖에는 별다른 도리가 없었지요. 한동안은 신문사에서 삽화를 그리기도 하고 석판화가 노릇도 해 보았지만, 거기서도 역시 같은 문제에 부딪쳤습니다. 사진을 보고 초상화를 그리면 사진에는 없는 특징이나 표정이 나타나는 것입니다. 하지만 저는 그런 특징이나 표정이 틀림없이 본래 그 사람이 갖고 있던 것이니까 그림에 나타나는 것으로 생각했지요. 특히 여자 손님들한테서 잇달아 불평이 나와서 저는 일을 오래 계속할 수가 없었습니다. 결국 지쳐 버린 마음을 술로 달래게 되었지요. 그러다가 곧 잘 곳 없는 사람들의 행렬에 끼여서 엉터리 신세타령으로 끼니를 얻어먹는 신세가 된 거지요. 바그다드의 임금님 같으신 주인어른, 어떻습니까? 제 얘기가 따분하시다면, 월 가의 비극 쪽으로 화제를 돌려도 좋습니다. 하지만 그 얘기는 눈물을 흘리지 않고는 듣지 못하실 테니까, 이렇게 맛있는 진수성찬을 먹은 뒤에는 좀 어떨까 하고 생각되는군요."

"아니, 천만에요."

챌머스는 진지하게 대답했다.

"대단히 흥미롭군요. 그런데 당신이 그린 초상화에는 한결같이 불쾌한 특징만 드러났소? 아니면 당신의 그 특수한 화필을 통해 추한 것이 드러나지 않은 사람도 더러 있었소?"

"더러 있었느냐고요? 물론 있고말고요."

플루머는 말했다.

"어린아이들 대부분이 그렇고, 여자들도 상당히 많고, 남자들도 그런 사람이 꽤 있었습니다. 모두가 다 나쁜 사람은 아니니까요. 그려지는 사람에게 문제가 없다면 초상화에도 문제가 없게 마련이지요. 어째서 그렇게 되는지는 설명할 수 없지만, 사실이 그렇습니다."

챌머스의 책상 위에는 그날 저녁때 외국 우편으로 도착한 그 사진이 놓여 있었다. 10분 뒤, 챌머스는 플루머에게 파스텔로 그 사진을 스케치해 달라고 부탁했다. 한 시간이 지나자, 화가는 자리에서 일어서며 자못 피로한 듯이 허리를 쭉 폈다.

"다 됐습니다."

그는 하품을 하면서 말했다.

"시간이 많이 걸려서 죄송합니다. 매우 재미있게 그릴 수 있었습니다. 하지만 무척 피로하군요! 간밤에는 잘 곳이 없었으니까요. 그럼 인자하신 임금님, 이제 슬슬 물러가야겠습니다."

챌머스는 문간까지 배웅하면서 그의 손에 지폐 몇 장을 쥐어 주었다.

"고맙습니다! 고맙게 받아 두겠습니다."

플루머는 말했다.

"이만하면 추워질 때까진 견디겠네요. 고맙습니다. 훌륭한 만찬에 관해서도요. 오늘 밤에는 새털 이불을 덮고 바그다드의 꿈이라도 꾸면서 자겠군요. 아침이 되어도 꿈이 깨지 않으면 더욱 좋겠습니다만. 가장 인자하신 바그다드의 임금님, 그럼 안녕히 계십시오!"

챌머스는 다시 양탄자 위를 초조한 듯 서성거리기 시작했다. 그러나 이번에는 파스텔로 그린 스케치가 놓여 있는 책상에서 방의 넓이가 허락되는 한 멀리 떨어져서 서성거렸다. 두 번, 세 번, 그는 책상 앞에 다가가려고 하다가 그만두곤 했다. 짙은 갈색과 금빛, 그리고 고동색이 눈에 띄었지만, 두려움이라는 장벽이 그림 주위에 맴돌고 있어서 감히 용기를 내어 가까이 갈 수가 없었다. 그는 의자에 앉아 기분을 가라앉히려고 애를 썼다. 그러고는 갑자기 일어서더니 벨을 눌러 필립스를 불렀다.

"이 건물에 젊은 화가 한 사람이 살고 있지? 이름이 라이먼이라든가……. 그 사람이 어디에 사는지 알고 있나?"

"맨 꼭대기 층 앞쪽입니다."

필립스가 대답했다.

"그럼 어서 올라가서 잠시 나 좀 만나자고 전해 주게. 이삼 분이라도 좋으니 말이야."

라이먼은 금방 내려왔다. 챌머스는 자기소개를 했다.

"라이먼 선생."

그는 입을 열었다.

"저기 저 책상 위에 파스텔로 그린 조그만 그림 한 장이 있습니다. 그 그림이 지니고 있는 회화로서의 예술적인 가치에 관해 선생의 의견을 들어 보고 싶습니다."

젊은 화가는 책상 앞으로 다가가서 스케치를 집어 들었다. 챌머스는 등을 반쯤 돌린 채, 의자에 기대어 앉았다.

"그…… 그림을 어떻게…… 생각합니까?"

챌머스는 말을 더듬으며 물었다.

"그림에 관해 말씀드릴 것 같으면……."

화가는 말을 꺼냈다.

"아무리 칭찬해도 칭찬이 모자랄 정도로 훌륭합니다. 대담하고, 섬세하고, 솔직합니다. 일류 작품입니다. 저도 좀 어리둥절합니다만, 이렇게 훌륭한 파스텔 그림은 최근 몇 해 동안 본 적이 없습니다."

"얼굴, 인물, 주제, 다시 말해서 그 그림의 주인공에 관해서는 어떻게 생각하십니까?"

"이 얼굴은 바로 천사의 얼굴입니다. 대체, 이 부인은 누구인가요?"

"제 아내입니다!"

챌머스는 몸을 홱 돌리더니, 깜짝 놀란 화가의 손을 움켜잡고 그의 등을 두드리며 말했다.

"아내는 지금 유럽을 여행하고 있습니다. 라이먼 선생, 그 스케치를 가지고 가서 선생의 일생을 건 걸작을 하나 그려 주시오. 그림 값은 모두 내게 맡겨 두고 말입니다."

하그레이브스의 일인이역

모빌 태생의 펜들튼 톨버트 소령과 그의 딸 리디어 톨버트는 워싱턴으로 이사를 왔다. 그들은 시내에서 벗어나 있는 가장 조용한 거리에서도 5킬로미터쯤 더 떨어진 곳에 있는 한 집에 하숙을 했다.

그 집은 예스러운 벽돌집이었는데, 흰 기둥이 현관을 높다랗게 떠받치고 있었다. 마당에는 쥐엄나무와 느릅나무가 그늘져 있었고, 제철을 맞은 자두나무는 분홍빛 섞인 하얀 꽃잎을 잔디 위로 비처럼 뿌리고 있었다. 그리고 키 큰 회양목 덤불이 울타리와 길을 따라 늘어서 있었다. 그 집의 남부식 구조와 분위기는 톨버트 부녀의 마음을 들뜨게 했다.

두 사람은 이 기분 좋은 하숙집에서 방을 몇 칸 빌렸다. 거기에는 톨버트 소령의 서재도 포함되어 있었다. 왜냐하면 톨버트 소령은 지금 '앨라배마 주의 군인이자 재판관이며 변호사였던 한 남자의 일화와 회상'(이하 '일화와 회상')이라는 저서의 마지막 몇 장을 쓰고 있기 때문이었다.

톨버트 소령은 남부 토박이 출신이었다. 그의 눈에 비친 현대란 흥미를 끌지도 못하고 뛰어난 점도 없는 보잘것없는 시대일 뿐이었다. 그의 마음은 남북 전쟁 이전의 시대에서 벗어나지 못하고 있었다. 그 무렵 톨버트 집안은 수천만 평에 달하는 훌륭한 목화밭과 그것을 경작하는 노예들을 거느리고 있었다. 당시 그의 저택에서는 늘 잔치가 벌어졌고, 남부 상류 사회의 모든 인사가 손님으로 초대되었다.

그러한 시대에 살았기에 그는 그 시대에나 통했을 법한 해묵은 자존심이나 명예, 케케묵은 예의범절, 당시의 구식 옷가지들을 아직까지 그대로 지니고 있었다. 그런 옷가지들은 지난 오십 년 동안에는 그 어디에서도 만들어진 예가 없었다.

소령은 키가 큰 편이었다. 그가 절이라고 부르는 그 놀랄 만큼 고풍스런 큰절을 할라치면, 반드시 예복의 옷자락이 바닥을 쓸었다. 이 예복은 남부 출신 국회 의원들이 입는 프록코트나 차양 넓은 모자에 익숙한 워싱턴 사람들에게도 놀라운 것이었다. 함께 하숙을 하던 한 사람은 그 옷을 가리켜 '하버드 신부'라 불렀다. 확실히 그 옷은 허리선이 높았고 밑자락이 헐렁했다.

소령은 가슴 부분에 잔주름을 잡은 와이셔츠를 입고 다녔다. 가느다란 검정 넥타이는 늘 한쪽으로 쏠려 있었다. 고급 하숙집 주인인 버드먼 부인에게는 소령의 그 별난 옷차림이 전혀 어색하지 않았다. 백화점의 젊은 점원들은 가끔 일부러 남부의 전통과 역사에 관한 이야기를 꺼냈다. 그것이 소령에게는 가장 그리운 화제일 것이기 때문이었다. 소령은 이야기 도중 자신이 집필하고 있는 '일화와 회상'을 닥치는 대로 인용하곤 했다. 그런데 점원들은 자신들의 의도를 소령이 눈치채지 못하도록 몹시 조심해야만 했다. 왜냐하면 소령은 나이가 예순여덟 살이나 되었지만, 그의 꿰뚫는 듯한 잿빛 시선에는 그들 가운데서 가장 배짱 좋은 사람조차도 안절부절못하게 만드는 날카로움이 있기 때문이었다.

리디어는 몸집이 작고 통통하게 살이 찐 서른다섯 살의 노처녀였다. 매끈하게 자란 머리를 얌전하게 땋아서인지 실제보다 더 나이가 들어 보였다. 그녀 역시 옷차림이 구식이었다. 그렇지만 아버지에게서처럼 남북 전쟁 이전의 영광이 배어 나올 정도는 아니었다. 리디어에게는 절약이 몸에 배어 있었다. 따라서 그녀가 집안의 경제권을 쥐고 있었다. 돈을 받으러 오는 사람들을 만나는 것은 그녀 몫이었다. 소령은 하숙집이나 세탁소의 계산서 따위를 무척 귀찮아했다. 그것들은 참으로 끈질기게 너무나 자주 찾아들었다. 소령은 어째서 이런 것을 다 모아 두었다가 적당한 때에 한꺼번에 지불하면 안 되는지 궁금해했다. 이를테면 '일화와 회상'이 출판되어 돈이 들어올 때 같은 때 말이다. 그러면 리디어는 조용히 뜨개질을 계속하면서 말했다.

"돈이 있는 동안은 지금처럼 지불할 거예요. 그다음에는 아마 저절로 모아 두었다가 한꺼번에 지불하게 되겠지요."

버드먼 부인의 하숙인들은 대부분 백화점의 점원이나 회사원들이었으므로 낮에는 대개 집을 비우고 없었다. 그런데 그중 한 사람만은 아침부터 밤까지 거의 집에 틀어박혀 있었다. 이 남자는 헨리 홉킨스 하그레이브스라는 청년이었다. 하숙집 사람들은 그를 부를 때면 언제나 성과 이름을 붙여서 불렀다. 그는 잘 알려진 소극장에 나가고 있는 배우였다. 그가 나가는 극단은 최근 몇 해 동안 명성이 상당히 높아져 있었다. 하그레이브스는 매우 겸손하고 예의 바른 청년이었기 때문에 버드먼 부인도 기꺼이 하숙인 명부에 그의 이름을 올렸던 것이다.

극장에서 하그레이브스는 각 나라 사투리를 자유자재로 쓸 줄 아는 희극 배우로 평가받았다. 그에게는 독일 인, 아일랜드인, 스웨덴 인, 흑인 등의 역할을 다 소화해 낼 수 있는 레퍼토리가 있었다. 그런 하그레이브스는 야심가여서 언젠가는 전통 희극에 출연해서 성공하겠다는 야망을 이야기하곤 했다.

하그레이브스는 톨버트 소령을 매우 좋아하는 것처럼 보였다. 톨버트 소령이 남부에서 보낸 추억담을 꺼내거나, 일화 가운데 가장 생생하고 재미있는 이야기를 되풀이할 때면, 언제나 하그레이브스는 가장 열심히 귀를 기울였다.

한동안 소령은 뒷전에서 그를 '광대'라고 불렀다. 하그레이브스를 가까이 오지 못하게 하고 싶은 눈치였다. 그러나 곧 청년의 싹싹하고 자신의 이야기를 귀담아듣는 태도에 마음이 돌아섰다. 하그레이브스는 소령의 마음을 고스란히 사로잡아 버리고 말았다.

금세 두 사람은 오랜 친구처럼 다정한 사이가 되었다. 소령은 날마다 오후 한때를 비워 두고 하그레이브스에게 자신의 글을 읽어 주었다. 하그레이브스는 그 일화에 귀를 기울였는데 웃어야 할 대목을 그냥 넘기는 법이 없었다. 소령은 점점 더 그에게로 마음이 기울었다. 하루는 리디어에게 하그레이브스 청년은 옛날 제도에 관해 놀라운 이해력과 충분한 존경심을 가지고 있노라고 단언하기도 했다.

그 옛날에 관한 이야기판이 벌어지면, 톨버트 소령이 스스로 이야기를 그만두지 않는 한 하그레이브스는 늘 넋을 잃고 귀를 기울였다. 옛이야기를 즐기는 거의 모든 노인이 그렇듯이, 소령 역시 긴 이야기를 자세하게 늘어놓기를 좋아했다. 옛날 농장에서 살 때의 호화로운 생활을 이야기하다가, 말고삐를 잡아 주던 흑인 하인의 이름이라든가 어떤 하찮은 일의 정확한 날짜라든가 그해에 거둔 목화의 고리짝 수 같은 것이 생각나지 않을 때는 기억이 날 때까지 이야기를 잠시 중단하는 때도 있었다. 그래도 하그레이브스는 결코 따분해하거나 재미없어 하는 법이 없었다. 오히려 반대로 그는 그 당시의 생활과 관련된 화제로 여러 가지를 물어보았는데, 그러면 또 소령은 반드시 곧바로 대답을 해 주는 것이었다.

여우 사냥, 주머니쥐 요리, 흑인 마을에서 벌어지는 춤과 축제 소동, 사방 80킬로미터까지 초대장을 돌렸던 농장 저택에서 벌인 잔치, 이따금 일어난 남부 귀족들과의 불화, 키티 챌머스를 사이에 두고 벌인 소령과 래스본 컬베스톤의 결투, 그 뒤 챌머스가 남부 캐롤라이나 주에 사는 스웨이트와 결혼을 한 일, 모빌 만에서 엄청난 내기 돈을 걸고 했던 개인 요트 경기, 늙은 노예들의 괴이한 신앙이나 하루살이 버릇이나 충성심. 이런 것들이 모두 소령과 하그레이브스가 만나면 몇 시간씩 앉아 넋을 빼는 화제들이었다.

때로는 밤늦게 청년이 극장에서 공연을 마치고 돌아와 이층 방으로 올라갈라치면, 소령이 서재 문간에 서서 그에게 들어오라고 손짓을 할 때도 있었다. 하그레이브스가 들어가 보면, 자그마한 식탁에 술병과 설탕 단지, 그리고 신선한 과일과 박하한 다발이 수북하게 차려져 있었다.

"문득 생각이 나서 말일세."

소령은 늘 이런 식으로 말을 꺼냈다. 그는 격식 차리기를 좋아했다.

"아마도 자네 일이 무척 고될 것 같아서 말일세. 하그레이브스 군, 어떤 시인이 '피로한 몸을 위한 달콤한 회복제'라고 말했지. 그때의 그 심정을 헤아릴 수 있을지 모르겠군. 자, 그 회복제인 남부식 박하 음료를 한번 맛봐 줄 수 있겠지?"

소령이 박하 음료를 만드는 것을 지켜보는 것은 하그레이브스에게는 매우 재미있는 일이었다. 그것을 만드는 소령의 솜씨는 가히 예술가의 경지라 할 수 있었다. 소령은 한 번도 그 순서를 흐트러뜨린 적이 없었다. 박하를 잘게 부수고, 재료를 정확하게 혼합하는 솜씨는 놀라울 만큼 대단했다. 암녹색 잔 때문에 더욱 선명하게 빛나는 주홍빛 과일을 칵테일에 장식하면서 세심한 주의를 기울였다. 그리고 밀짚 빨대를 유리잔 깊숙이 꽂아 그것을 정중하고, 우아하게 권했다.

워싱턴에서 넉 달쯤 지낸 어느 날 아침이었다. 리디어는 돈이 거의 바닥났다는 것을 알게 되었다. '일화와 회상'은 이미 완성되었으나, 앨라배마의 양식과 기지로 가득 찬 걸작에 달려드는 출판업자가 없었다. 톨버트 소령한테는 모빌 시에 조그만 집이 있었다. 그곳에서 들어오는 집세가 두 달 치나 밀려 있었다. 반면 하숙비는 사흘 안에 내야만 했다. 리디어는 아버지에게 가서 의논했다.

"돈이 없다고?"

그는 놀란 표정으로 말했다.

"그런 푼돈을 이렇게 자주 독촉받으니 귀찮아서 어디 살겠느냐. 실로 나는……."

소령은 호주머니를 뒤져 보았다. 이 달러짜리 지폐가 한 장 나왔을 뿐이었다. 그는 그것을 다시 조끼 주머니 속에다 넣고 말했다.

"바로 무슨 조치를 취해야겠구나, 리디어. 미안하지만, 우산을 꺼내 다오. 지금 시내에 나갔다 올 테니까. 우리 고장 출신 국회 의원인 풀검 장군이 일전에 말했었지. 내 책이 빨리 출판되도록 힘써 주겠다고 장담했거든. 빨리 그가 묵고 있는 호텔로 가서 어떻게 되었는지 알아봐야겠다."

리디어는 서글픈 미소를 띤 채 지켜보고 있었다. 소령은 그

'하버드 신부'라 불리는 예복의 단추를 끼우고 여느 때처럼 문간에 서서 정중하게 절을 하고 나갔다.

그날 저녁, 소령은 어두워져서야 돌아왔다. 풀검 장군은 소령의 원고를 읽은 출판업자를 만났었다. 그러나 그 출판업자는 그 책에서 처음부터 끝까지 일관되게 흐르는 지방적이고 계급적인 편견을 마음에 들어 하지 않았다. 그것을 없애기 위해 일화와 그 밖의 것들을 절반 이상 삭제하면 출판을 고려할 수도 있다고 했다는 것이었다.

소령은 몹시 화를 냈으나, 리디어 앞에서는 다시 평정을 되찾았다.

"아무래도 돈을 마련해야겠어요."

리디어는 콧잔등을 찌푸리며 말했다.

"아까 그 이 달러 저한테 주세요. 오늘 밤 랠프 아저씨에게 전보를 쳐서 돈을 얼마쯤 부쳐 달라고 하겠어요."

소령은 조끼 위쪽 주머니에서 조그만 봉투를 꺼내 그것을 책상 위에 놓았다.

"내가 좀 분별없는 짓을 한 것 같구나."

그는 부드럽게 말했다.

"얼마 되지 않는 돈이기에 오늘 밤 공연 표를 사 버렸단다. 리디어, 새로운 전쟁극이란다. 워싱턴에서 처음으로 공연을 보는 것이니 너도 기뻐할 줄 알았지. 이 연극에서는 남부를 매우 공평하게 다루고 있다고들 하더구나. 실은 내가 공연이 보고 싶어 표를 산 거야."

잔뜩 실망한 리디어는 말없이 두 손을 들었다. 하지만 어차피 입장권을 샀으니 연극을 보는 게 나았다.

그래서 그날 밤, 두 사람은 활기찬 전주곡을 들으면서 극장 안에 앉았다. 리디어마저도 집안 걱정은 잠시 제쳐 두기로 마음먹었다. 소령은 얼룩 하나 없이 깨끗한 리넨 와이셔츠에 단추를 채운 부분만이 드러나는 그 색다른 예복을 입고 있었다. 흰머리를 매끈하게 빗어 넘겨 참으로 훌륭하고 의젓해 보였다.

막이 오르고 연극 '목련꽃'의 1막이 시작되었다. 무대는 전형적인 남부 농장 풍경을 보여 주고 있었다. 톨버트 소령은 약간 흥분한 듯한 표정을 지었다.

"어머, 이것 좀 보세요."

리디어가 팔꿈치로 소령의 팔을 살짝 건드리며 말했다.

"웹스터 캘룬 대령 역에 H. 홉킨스 하그레이브스."

손에 쥔 프로그램 안내지를 가리키며 속삭였다.

"우리 하숙집에 사는 하그레이브스 씨예요. 아마 그분이 말하던 전통 연극에 처음 출연하는 건가 봐요. 그분한테는 정말 좋은 일이네요."

소령은 안경을 쓰고 딸의 손가락이 가리키고 있는 등장인물의 배역을 살펴보았다.

곧 2막이 올랐고 비로소 웹스터 캘룬 대령이 등장했다. 그가 등장하자, 톨버트 소령은 그를 잔뜩 노려본 채 주위에 들리도록 크게 신음 소리를 냈다. 마치 얼음처럼 굳어 버린 것 같기도 했다. 리디어는 나지막하게 중얼거리며 손에 쥔 프로그램 안내지를 구겨 버렸다. 그럴 수밖에 없는 것이, 캘룬 대령이 톨버트 소령과 똑같은 모습으로 분장을 하고 있었기 때문이다. 머리끝이 곱슬곱슬 말려 올라간 숱이 없는 백발, 귀족 냄새가 풍기는 매부리코, 가슴 부분에 잔뜩 주름이 잡힌 와이셔츠, 한쪽 귀밑으로 비뚤어지게 맨 넥타이 등 완벽한 톨버트 소령의 모습이었다.

캘룬 대령은 톨버트 소령을 완벽하게 모방하기 위해 세상에 둘도 없을 것 같았던 그 예복과 똑같은 코트를 입고 있었다. 높게 달린 헐렁한 깃, 왕족 스타일의 불룩한 허리선, 앞자락이 뒷자락보다 30센티미터나 길게 늘어져 있는 밑자락 따위는 톨버트 소령의 코트가 아닌 다른 코트에서는 도저히 흉내 낼 수 없는 것이었다. 그때부터 소령과 리디어는 마치 마술에 걸린 듯이 앉아서 도도한 톨버트를 흉내 내는 연기를 보아야만 했다. 그 연기란 톨버트 소령의 표현을 따르자면 '썩어 빠진 무대에서 연기하는 중상모략'일 뿐이었다.

하그레이브스는 기회를 잘 이용했던 것이다. 그는 소령의 말버릇이나 악센트, 억양 따위의 자질구레한 특징부터 거드름이 밴 예법까지 완벽하게 자기 것으로 만들었다. 더구나 모든 인사 예법 가운데서도 소령이 가장 자부하고 있는 그 멋진 절을 하그레이브스가 연기하자, 관객들이 일제히 일어나 손뼉을 치고 환호했다.

리디어는 아버지 쪽을 바라볼 용기가 없어 꼼짝하지 않고 앉아 있었다. 이따금 그녀는 아버지 쪽에 놓인 손을 살며시 볼에 가져갔다. 그것은 괘씸하다고 생각하면서도, 어쩔 수 없이 북받치는 웃음을 감추려는 듯한 행동이었다.

하그레이브스의 뻔뻔스런 연기는 3막이 되자 절정에 달했다. 그 장면은 캘룬 대령이 이웃 농장주 몇 사람을 초대하여 접대하는 대목이었다.

친구들에게 둘러싸인 채 무대 중앙의 식탁 앞에 서서 그는 손님들을 위해 능숙한 솜씨로 박하 음료를 만들어 주었다. 그러면서 '목련꽃'의 절정 부분을 늘어놓는 것이었다. 그 독백은 아무도 흉내 낼 수 없는 독특한 것이었다. 톨버트 소령은 가만히 앉아 있었으나 분노로 얼굴이 새파랗게 질려 있었다. 자신의 소중한 이야기가 되풀이되고 있었고, 스스로 자신하고 있던 이론이나 자신의 취미가 지나치게 꾸며져 있었다. 그리고 '일화와 회

상' 속의 꿈이 함부로 들추어지고 왜곡되어 있었다. 소령이 아끼는 이야기, 특히 소령과 래스본 컬베스톤의 결투 이야기는 빠지지 않았다. 그 이야기는 소령 자신이 말할 때보다 더 정열적이고 자화자찬 식이었으며 좀 더 예술적으로 다듬어져 있었다.

그 독백은 박하 음료를 만드는 방법에 관한 설명으로 끝났다. 그것은 감칠맛 나고 재치가 넘치는 짧은 대사였다. 그 대사에는 실제 박하 음료를 만드는 장면이 따라 나왔다. 여기서 톨버트 소령의 섬세하지만 화려한 솜씨가 한 치의 어긋남도 없이 재현된 것이었다.

"천 분의 일만큼이라도 더 세게 눌러 즙을 짜낸다면, 여러분은, 하늘이 내려 준 이 식물의 기가 막힌 향기 대신에 쓴맛을 보게 될 겁니다."

하그레이브스는 소령의 말을 그대로 빌려 연기했다. 더불어 담배를 다루는 소령의 우아한 손놀림과 밀짚 빨대를 고르는 그의 진지한 태도까지를 모두 모방하는 것이었다.

이 장면이 끝나자 경탄한 관객들은 모두 자리에서 일어나 우레와 같은 박수를 보냈다. 전형적인 인물에 관한 묘사가 매우 정확했고 믿을 만했고 철저했기 때문이었다. 정작 연극의 주연 배우들이 무색할 지경이었다. 관객들이 앙코르를 외치자 하그레이브스는 내려진 막 앞으로 나와 절을 했다. 그는 성공을 거둔 것이었다. 그의 앳된 얼굴은 흥분된 표정으로 빛나고 있었다.

그제야 리디어는 고개를 돌려 소령을 쳐다보았다. 그는 콧구멍을 물고기의 아가미처럼 벌름거리고 있었다. 그는 떨리는 두 손으로 의자의 팔걸이를 잡고 일어서려고 했다.

"나가자, 리디어."

그는 감정을 억누르는 듯한 소리로 말했다.

"괘씸하기 짝이 없구나. 이건 완전히 모독이야."

리디어는 일어서려는 소령을 끌어당겨 도로 의자에 앉혔다.

"끝까지 계세요."

그녀는 야무지게 말했다.

"진짜 예복을 사람들 눈앞에 드러내서 저것이 가짜라는 것을 광고하고 싶으세요?"

그래서 두 사람은 끝까지 앉아 있었다.

하그레이브스가 거둔 성공은 대단했다. 그날 밤늦게까지 사람들이 그를 붙잡아 둔 것이 틀림없었다. 그는 이튿날 아침 식사 때뿐만 아니라 점심 식사 때에도 나타나지 않았다.

오후 세 시쯤, 하그레이브스가 톨버트 소령의 서재 문을 두드렸다. 소령이 문을 열자 하그레이브스는 아침 신문을 잔뜩 안고 들어왔다. 하그레이브스는 자신의 성공에 넋을 잃어 소령의 태도가 여느 때와 다르다는 것을 조금도 깨닫지 못했다.

"간밤에는 대성공이었습니다, 소령님."

그는 신이 나서 말하기 시작했다.

"저한테 기회가 주어졌지요. 이제 성공한 것 같아요. 여기 '포스트'지 기사 좀 보십시오."

어이없는 호언장담, 괴상한 복장, 케케묵은 어법, 곰팡내 나는 집안 자랑, 그러면서도 참으로 친절한 마음씨, 결백한 명예심, 친근감이 가는 단순함을 내보이며 오늘날의 무대에서 등장인물을 가장 잘 소화했다. 캘룬 대령이 입었던 예복, 그 자체만으로도 천재성을 인정받아 마땅하다. 하그레이브스 씨는 관객의 마음을 완전히 사로잡아 버렸다.

"소령님, 첫 무대 연기에 대한 평으로 어떻다고 생각하십니까?"

"나는 영광스럽게도……."

소령의 목소리는 기분 나쁠 만큼 차갑게 들렸다.

"어제저녁, 자네의 참으로 훌륭한 연기를 보았네."

하그레이브스는 당황했다.

"극장에 오셨습니까? 소령님이, 설마 연극을 좋아하실 줄은 몰랐습니다. 저, 톨버트 소령님."

그는 솔직하게 말하기 시작했다.

"부디 노여워하지는 마십시오. 제가 소령님한테서 여러 가지 힌트를 얻어 낸 것은 인정합니다. 그 때문에 그 역을 해내는 데 많은 도움이 되었지요. 그런데 그건 아시다시피 인간의 한 유형일 뿐 어떤 한 개인은 아닙니다. 관객이 받아들이는 태도를 봐도 분명합니다. 그 극장에 오는 단골손님의 대부분이 남부 출신이죠. 그 사람들도 그것을 인정하고 있습니다."

"하그레이브스 군."

소령은 그대로 서서 말했다.

"자네는 내게 용서할 수 없는 모욕을 주었네. 자네를 믿었건만 내가 베푼 호의를 악용하고, 나를 웃음거리로 만들었지. 신사다운 것이 무엇인가? 다시 말해서 참다운 신사란 무엇인가? 자네가 조금이라도 알고 있다고 생각했다면, 내 비록 늙었어도 자네에게 결투를 신청했을 것이네. 어쨌든 부탁이니 지금은 내 방에서 나가 주게."

하그레이브스는 약간 얼떨떨한 표정을 지었다. 그는 톨버트 소령의 말을 충분히 알아차리지 못하는 것 같았다.

"화가 나신 것 같은데, 정말 죄송합니다."

그는 참으로 유감스러운 듯이 말했다.

"여기 북부 사람들은 소령님처럼 생각지 않습니다. 자신에 관한 내용이 무대에서 표현되고 그것을 일반 사람들이 호응해 준다면, 극장 좌석을 절반쯤 다 사 버려도 좋다고 생각하는 사람들이 적지 않게 있습니다."

"그런 사람은 앨라배마 사람이 아니야!"

소령이 오만하게 말했다.

"그럴지도 모르겠습니다. 소령님, 저는 꽤 기억력이 좋은 편이지요. 한 가지, 소령님의 책에서 몇 줄을 인용해 보겠습니다.

> 북부 사람은 사업상의 이익으로 바꿀 수 있는 때를 제외하고는 감정도 온정도 전혀 가지고 있지 않습니다. 자신 또는 사랑하는 사람의 명예에 가해진 그 어떤 모욕도 그것이 금전상의 손해를 불러일으키지 않는 한 화도 내지 않고 잘 견딥니다. 자선에도 상당히 후합니다. 하지만 그것은 미리 선전되고 신문에 대서특필되지 않으면 안 되는 것입니다.

틀림없이 밀레지빌로 알고 있는데, 그곳에서 열린 연회 석상에서 건배에 답하여 이렇게 말씀하셨다고 했지요. 그리고 지금은 그걸 출판하실 생각을 하고 계십니다. 소령님은 그러한 표현이 간밤에 보신 캘룬 대령의 연기보다 더 올바르다고 여기십니까?"

"그 표현은 말이지……."

소령은 얼굴을 찌푸리며 말했다.

"근거가 없는 것도 아니야. 어느 정도의 과장, 아니 표현의 자유는 대중 연설에서 허용되어야 하네."

"그렇다면 관객 앞에서 연기하는 경우도 마찬가지입니다."

하그레이브스는 대꾸했다.

"그게 문제가 아니야."

소령이 굽히지 않고 고집스럽게 말했다.

"그 연기는 개인을 희화화한 것이었네. 나는 결코 그것을 너그럽게 봐줄 수가 없네."

"톨버트 소령님."

하그레이브스는 애교 섞인 미소를 띠면서 말했다.

"제발 저를 이해해 주십시오. 소령님을 모욕할 생각은 조금도 없었다는 것을 알아주시기 바랍니다. 저는 직업상 온갖 인생을 다 살아볼 수가 있지요. 원하는 것이나 할 수 있는 것은 무엇이든 취해서 그것을 무대에 올린답니다. 하지만 소령님의 뜻이 정 그렇다면 별 도리가 없겠지요. 그건 그렇고 제가 뵈러 온 것은 다른 일 때문입니다. 요 몇 달 동안 우리는 참으로 친하게 지내 왔지요. 제가 지금 하려는 일이 소령님을 또다시 노하게 할 위험한 짓일지도 모르겠군요. 소령님 댁 경제 사정이 어렵다는 것을 잘 알고 있습니다. 어떻게 알았느냐 하는 것은 물어보지 마십시오. 하숙집이라는 곳은 그런 비밀을 감춰 주는 데는 아니니까요. 그래서 말인데, 제가 조금이라도 도와 드리는 것을 허락해 주셨으면 합니다. 저도 여러 번 그런 일을 겪었지요. 이번 공연 기간 내내 꽤 많은 돈을 벌게 되어 얼마간 저축도 할 수 있었지요. 이백 달러, 아니 그 이상이라도 제발 마음대로 써 주십시오. 그러다가 소령님 형편이 괜찮아지면……."

"그만!"

소령은 한 팔을 내저으며 명령했다.

"결국 내 책에 거짓말을 쓰지 않은 셈이군. 자네는 남의 명예를 손상한 상처를 돈으로 낫게 할 수 있다고 생각하고 있어. 무슨 일이 있더라도 나는 자네처럼 오다가다 만난 사람한테서 돈을 꾸지 않아. 더구나 무례를 저질러 놓고 이제 와서 금전으로 해결해 보겠다는 자네의 제의를 내가 받아들일 것 같은가? 그럴 바에는 차라리 굶어 죽겠네. 다시 말하지만 이 방에서 나가 주게."

하그레이브스는 더는 말하지 않고 나갔다. 그는 그날 하숙집을 떠났다. 저녁을 먹는 자리에서 버드먼 부인은 '목련꽃'이 번화가의 극장으로 옮겨 일주일 동안 상영된다고 말했다.

톨버트 소령과 리디어는 형편이 여의치 않았다. 소령이 거리낌 없이 돈을 꿔 달라고 말할 만한 사람이 워싱턴에는 한 사람도 없었다. 리디어는 랠프 아저씨에게 편지를 보냈다. 하지만 랠프 아저씨도 가난한 사람이라서 과연 돈을 보내 줄 수 있을지 어떨지는 장담하기 어려웠다. 소령은 꽤 혼란스러웠다. 고향 집세가 체납되어 송금이 늦어지고 있기 때문이었다. 바먼드 부인에게 하숙비를 내지 못하고 있는 것에 관해 변명을 늘어놓을 수밖에 없었다.

구원의 손길은 전혀 생각하지 못한 쪽에서 찾아왔다. 어느 날 오후 늦게 하숙집 일을 돕는 하녀가 올라와서 한 늙은 흑인이 톨버트 소령을 만나고 싶어 한다고 말했다. 소령은 그를 서재에 들여보내라고 했다. 곧 늙은 흑인이 문간에 나타났다. 한 손에 모자를 들고, 한쪽 발을 어설프게 뒤로 빼며 인사를 했다. 그는 헐렁한 검은색 신사복을 말끔하게 차려입고 있었고, 금속성 광택을 띠는 허름한 구두를 신고 있었다. 텁수룩한 고수머리는 반백, 아니 거의 백발이었다. 중년이 넘은 흑인의 나이는 좀처럼 헤아리기 어려웠다. 그는 톨버트 소령과 비슷한 나이인지도 몰랐다.

"펜들튼 소령님, 저를 알아보지 못하시겠지요?"

흑인이 먼저 말을 건넸다.

오래전부터 귀에 익은 말씨여서 소령은 일어서서 흑인 앞으로 다가갔다. 의심할 것도 없이 옛 농장에서 부리던 흑인 노예임이 틀림없었다. 그러나 흑인들은 사방에 흩어져 살았으므로, 소령은 그 목소리도 얼굴도 기억해 낼 수가 없었다.

"도무지 모르겠네."

소령은 상냥하게 말했다.

"자네가 자세하게 말해 주게."

"신디네 모스를 기억하고 계십니까? 펜들튼 소령님. 전쟁이 끝나자마자 다른 곳으로 이사 간 모스입니다."

"신디네 모스라?"

소령은 손끝으로 이마를 문지르며 말했다. 그는 그리운 옛날과 관계가 있는 것이라면 무엇이건 추억을 더듬기를 좋아했다. 소령은 곰곰이 생각했다.

"마구간에서 일했지? 망아지를 길들이는 일을 하지 않았나? 이제 생각이 나는군. 남군이 항복한 뒤에 자네는 이름을…… 아니, 잠자코 있어 보게. 그래, 미쉘이라고 바꾸었지. 그러고는 서부로……, 네브래스카로 갔었지?"

"네, 맞습니다."

늙은 흑인의 얼굴은 기쁨으로 가득 찼다.

"제가 바로 그 사람입니다. 네브래스카로 갔었죠. 그게 바로 접니다. 모스 미첼입니다. 이젠 모두들 미첼 영감이라고 부르지요. 소령님, 돌아가신 주인 어르신께서는 제가 떠나갈 때 밑천 삼으라고 노새 새끼 한 쌍을 주셨지요. 그 노새를 기억하고 계십니까? 펜들튼 소령님?"

"노새는 기억이 나지 않는군."

소령은 고개를 갸웃거리며 대답했다.

"나는 전쟁 첫해에 결혼해서 폴린즈비의 옛집에 가서 살지 않았나. 여하튼 어서 앉게나. 모스, 만나서 반갑네. 잘살고 있을 테지?"

모스는 의자에 걸터앉아, 그 옆 마루에다 조심스럽게 모자를 놓았다.

"그렇습니다. 요새는 형편이 괜찮습니다. 처음 네브래스카에 갔더니, 그 고장 사람들이 노새 새끼를 구경하러 몰려들질 않겠습니까? 그 사람들은 한 번도 노새를 본 적이 없다는 거예요. 그래서 저는 삼백 달러를 받고 노새 새끼 두 마리를 팔았습죠. 정말 삼백 달러를 받았습죠. 그러고 나서 저는 대장간을 열었지요. 거기에서 얼마간 돈을 모아 땅을 좀 샀고요. 저와 마누라는 아이 일곱을 키웠는데, 둘은 죽었지만, 나머지는 모두 잘 자라고 있습니다. 4년 전에는 철도가 놓여서, 제 땅 한복판에 마을이 생겼지요. 그래서 팬들턴 소령님, 이 늙은이는 재물과 땅을 모두 합해 이제는 수천 달러를 가진 부자가 되었습니다."

"그것 참 잘됐구먼."

소령은 진심으로 말했다.

"정말 반가운 얘기야."

"그런데 팬들턴 소령님, 리디어라고 부르던 그 귀여운 아기씨도 이제는 아주 몰라보게 자랐겠지요?"

소령은 문 쪽으로 다가가 소리쳤다.

"리디어, 이리 좀 건너오너라."

이제는 어른이 된 리디어는 약간 걱정거리가 있는 듯한 얼굴로 들어왔다.

"아이고! 거 보십쇼! 제가 말씀드린 대로군요. 그 아가씨가 몰라보게 많이 자랐으리라는 것을 알았습니다. 아가씨, 이 모스를 아시겠어요?"

"리디어, 이 사람은 신디 아주머니가 사시던 곳의 모스란다. 네가 두 살 때에 서부로 떠나갔지."

소령이 리디어에게 설명했다.

"글쎄요."

리디어는 고개를 갸웃거렸다.

"그랬군요. 그 나이에 모스 아저씨를 기억하기란 어렵지요. 모스 아저씨 말대로 저는 이제 어른이 되었고, 그건 아주 옛날 일이잖아요. 제가 아저씨를 알아보지는 못한다 하더라도 어쨌든 만나 뵙게 되어 정말 반가워요."

리디어는 진심으로 기뻐했다. 소령도 마찬가지였다. 생생하고 구체적인 어떤 것이 그들에게 행복했던 과거를 되살려 준 것이었다. 세 사람은 자리에 앉아 옛날 이야기를 나누었다. 소령과 모스 영감은 농장 풍경이나 그 시절을 되돌아보며 서로 틀리게 기억하는 것을 바로잡아 주기도 하고 같이 맞장구를 치기도 했다.

소령은 모스에게 무엇을 하러 집을 멀리 떠나서 여기까지 왔느냐고 물었다.

"저는 침례교도 대회 대표입니다."

모스는 설명했다.

"이곳에서 침례교도 대회가 열리고 있습니다. 저는 설교를 한 적이 지금까지 한 번도 없지만, 그래도 교회에서 장로 일을 맡아보고 있습니다. 또 비용을 낼 만한 형편이 되니까 모두가 저를 대표로 보낸 것입니다."

"그런데 우리가 워싱턴에 있다는 것은 어떻게 알았나요?"

리디어가 물었다.

"제가 묵고 있는 호텔에 모빌에서 온 흑인 한 사람이 일하고 있어요. 그 사람이 어느 날 아침, 이 댁에서 펜들튼 소령님이 나오시는 것을 보았다고 알려 주었지요."

모스는 호주머니에 손을 쑤셔 넣으며 말을 이었다.

"제가 여기 온 것은 고향 분들을 만나 뵙는 일 말고도, 실은 펜들튼 소령님께 꾼 돈을 돌려 드리고 싶었기 때문입니다."

"나한테서 꾼 돈이라니?"

소령은 놀라서 되물었다.

"네, 삼백 달러입죠."

모스는 둘둘 만 지폐 뭉치를 소령 앞에 내밀었다.

"제가 그곳을 떠날 때 주인 어르신께서 말씀하셨습니다. '모스야, 그 노새 새끼를 갖고 가거라. 돈은 네가 형편이 나아졌을 때 갚으면 되느니라.' 네, 그렇게 말씀하셨습니다. 전쟁 때문에 주인 어르신께서는 가난해지셨지요. 그리고 어르신은 이미 돌아가셨으니, 제 빚은 펜들튼 소령님께 옮겨진 셈이죠. 삼백 달러입니다. 모스 영감도 이제는 충분히 갚을 능력이 생긴 거지요. 철도 회사가 제 땅을 샀을 때, 노새 값은 따로 떼어 두었습니다. 펜들튼 소령님, 돈을 세어 보십쇼. 그게 노새를 판 값입니다."

톨버트 소령의 눈에 눈물이 글썽거렸다. 그는 한쪽 손으로 모스의 손을 잡고, 나머지 손은 그의 어깨에 얹었다.

"오, 충실한 종이여."

소령은 떨리는 목소리로 말했다.

“사실을 말하자면 나는 일주일 전부터 빈털터리가 되었다네. 모스, 우리는 이 돈을 받기로 하겠네. 이건 어느 의미에선 빚을 갚는 돈이지만, 동시에 옛 제도에 대한 충성과 헌신의 표시이기도 하기 때문이야. 얘, 리디어, 그 돈을 받아 둬라. 나보다는 네가 지출 관계에 관해 더 잘 알 테니까.”

“아가씨, 받아 주십시오. 이건 두 분 것입니다. 톨버트 댁의 돈입니다.”

모스가 돌아간 뒤, 리디어는 실컷 울었다. 기쁨의 눈물이었다. 소령은 얼굴을 방으로 돌린 채 줄곧 담뱃대만 빨고 있었다.

그때부터 톨버트 집안에는 다시 평화가 찾아왔다. 리디어의 얼굴에서도 근심스러운 표정이 사라졌다. 소령은 새로 만든 예복을 입고 나타났다. 그 모습은 마치 옛날 황금시대의 추억을 의인화한 밀랍 인형 같았다. ‘일화와 회상’의 원고를 읽어 본 다른 출판업자는 지나치게 눈에 거슬리는 부분만 조금 수정하거나 표현을 약간 부드럽게 고치자고 제안했다. 그렇게 하면 확실히 재미있고 잘 팔리는 책이 될 거라고 말했다. 모든 게 순조롭게 진전되어 가고 있었다. 또한 실제로 찾아온 행복보다 더 감미로운 희망의 손길이 찾아오지 말라는 법도 없었다.

두 사람에게 행운이 찾아든 지 일주일쯤 지난 어느 날, 하녀가 리디어 앞으로 온 편지를 그녀 방에 가져다주었다. 소인을 보니 뉴욕에서 부친 것이었다. 뉴욕에는 아는 사람이 없었으므로, 리디어는 조금 이상하게 여겼다. 가슴을 두근거리며 책상 앞에 앉아 편지를 뜯어보았다. 사연은 다음과 같았다.

리디아 톨버트 아가씨께

제 행운을 아시면 반드시 기뻐해 주실 줄로 압니다. 저는 뉴욕의 어느 극단에서, 주급 이백 달러로 '목련꽃'의 캘룬 대령 역을 해 달라는 제의를 받고 승낙했습니다.

그 밖에 또 하나 말씀드릴 일이 있습니다. 이것은 톨버트 소령님한테는 말씀드리지 않는 편이 좋을 것 같습니다. 저는 그 역할을 연구할 때 소령님에게서 많은 도움을 받았습니다. 그리고 그 일로 소령님의 기분을 상하게 해 드린 것에 대해 무언가 보상하고 싶은 생각이 간절했습니다. 소령님은 그것을 거절하셨습니다만, 저는 어쨌든 그 소원을 풀었습니다. 쉽게 삼백 달러를 나누어 드릴 수가 있었으니까요.

H. 홉킨스 하그레이브스

〈추신〉 제가 연출한 모스 영감 연기는 어땠습니까?

복도를 지나가던 톨버트 소령은 리디어의 방문이 열려 있는 것을 보고 걸음을 멈추었다.

"리디어, 오늘 아침에 온 편지는 없었니?"

리디어는 하그레이브스의 편지를 옷자락 밑에 감추었다. 그러고는 재빨리 말했다.

"아버지, '모빌 크로니클' 잡지가 와 있어요. 서재 책상 위에 갖다 놓았어요."

정신없는 브로커의 사랑

아홉 시 반쯤 증권 브로커 하비 맥스웰은 젊은 여자 속기사를 데리고 사무실로 들어왔다. 비서 피처는 늘 그렇듯이 무표정하다가, 그들을 보고는 흥미로운 표정과 놀라는 기색을 띠었다.

"여어, 피처."

맥스웰 사장은 마치 뛰어넘을 듯이 자신의 책상 앞으로 달려들었다. 그러고는 그곳에서 자기를 기다리고 있는 산더미같이 쌓인 편지와 전보 속에 파묻혔다.

그 젊은 여자는 지난 일 년간 맥스웰의 속기사로 있었다. 그녀는 아름다웠다. 그것은 도무지 속기와는 관계없는 아름다움이었다. 머리 모양도 남의 눈을 끄는 퐁파두르형이 아니었다.

쇠줄 장식도, 팔찌도, 앞가슴에 로켓도 달고 있지 않았다. 언제라도 점심 식사 초대에 응할 것처럼 가벼워 보이지도 않았다. 드레스는 회색이었다. 화려하지는 않았지만 몸에 썩 잘 어울렸다. 검은 터번형 모자에는 금빛과 초록빛이 섞인 앵무새 깃털이 꽂혀 있었다. 품위 있어 보였다. 눈은 꿈꾸는 사람처럼 빛이 났다. 두 볼은 연분홍으로 물들어 있었다. 매우 행복한 표정으로 무언가 추억에 잠겨 있는 것 같았다.

피처는 여전히 호기심을 품고 있었다. 그는 오늘 아침 그녀의 태도가 평소와 다르다는 것을 깨달았다. 그녀는 자기 책상이 있는 옆방으로 곧장 가지 않고, 사장실 앞에서 할 말이 있는 사람처럼 꾸물거렸다. 한번은 사장에게 자신의 존재를 알릴 만큼 그의 책상 가까이까지 다가가기도 했다.

그러나 책상 앞에 앉아 있는 것은 이미 기계이지 인간이 아니었다. 그것은 윙윙 소리를 내며 돌아가는 톱니바퀴와 역전하는 태엽으로 움직이는, 정신없이 바쁜 뉴욕의 증권 브로커였다.

"무슨 일이야?"

맥스웰 사장이 날카롭게 물었다.

책상에는 여러 가지가 어지럽게 널려 있었다. 그 위에 겉봉을 뜯은 우편물이 눈 더미처럼 쌓여 있었다. 맥스웰은 인정이 없는 사람이었다. 차갑고 날카로운 그의 잿빛 눈이 약간 짜증스러운 듯이 그녀를 향해 번쩍였다.

"그냥……."

그녀는 말을 잇지 못하고 가냘프게 미소만 지으면서 돌아섰다.

"피처 씨."

그녀는 책상 앞을 떠나며 비서에게 물었다.

"사장님이 새로 속기사를 채용하는 일에 관해서, 무슨 말씀 없으셨어요?"

"말씀하셨습니다."

피처는 대답했다.

"속기사를 새로 채용하라고 말씀하셨습니다. 그래서 어제 오후 직업소개소에 부탁을 해 놨지요. 오늘 아침에 후보자 두어 명을 보내 달라고요. 9시 45분이나 되었는데 아직 피자헛도 파인애플 추잉검조차도 나타나지 않네요."

"그럼, 새로 다른 분이 오실 때까지 제가 정상 근무를 하지요."

젊은 여자 속기사가 말했다.

그러고는 곧 자기 책상으로 가서, 검은 터번형 모자를 평소의 그 자리에 걸었다.

일이 한창 바쁠 때, 맨해튼의 증권 브로커는 정신을 못 차릴 정도로 바빴다. 그 광경을 본 적이 없는 사람은 인류학을 전공하기에는 적당치 않다. 시인은 '빛나는 인생이 한때 느끼는 현기증'에 대해서 읊는다. 하지만 브로커의 한때는 현기증이 날 뿐 아니라 1분 1초가 모자랄 정도이다. 앞뒤 승강구까지 콩나물시루처럼 꽉 찬 전차 안에서 가죽 손잡이에 매달려 있는 꼴이다.

게다가 이날은 하비 맥스웰에게는 특히 바쁜 날이었다. 주가 표시기는 발작을 일으킨 듯 좁다란 테이프를 쉴 새 없이 토해내기 시작했다. 책상 위의 전화는 보채는 아이처럼 끊임없이 울어 댔고, 사무실에는 많은 손님이 몰려와 맥스웰을 불러 댔다. 그들은 기쁜 듯이 날뛰거나, 맹렬하게 외치거나, 화를 내거나, 저마다 흥분한 상태였다. 심부름하는 소년들이 전언과 전보를 쥐고 달음박질로 들락날락하고 있었다. 사무원들은 폭풍우를 만난 선원처럼 이리 뛰고 저리 뛰었다. 늘 무표정한 피처의 얼굴까지 힘이 넘치고 생기가 있어 보일 정도였다.

증권 거래소에서는 태풍과 폭설로 산사태가 발생하거나, 빙하가 녹아내리거나, 화산이 폭발할 수도 있다. 그런 천재지변이 축소되어 브로커 사무실에서 재현되고 있었다. 맥스웰은 아예 의자를 벽에 밀어붙여 놓고 토우 댄서 같은 모습으로 일을 처리해 나갔다. 주가 표시기에서 전화통으로, 책상에서 문간으로, 잘 훈련된 어릿광대처럼 가볍게 뛰어다녔다.

점점 더 바빠지고 있는 한창 중요한 때였다. 벨벳에 간들거리는 타조 깃털 장식을 단 모자 밑으로 삐져나온 금발 머리카락과, 모조 바다표범 모피로 된 헐렁한 코트와, 옷자락에 단 하트형 은메달과, 군밤만 한 구슬을 염주처럼 꿴 목걸이가 별안간 브로커의 눈에 들어왔다. 눈앞에 한 젊은 여자 하나가 침착하게 서 있었다. 옆에는 그 여자를 소개하려는 피처가 서 있었다.

"일 관계로 속기사 소개소에서 오신 분입니다."

피처가 말했다.

맥스웰은 서류와 주가 표시기의 테이프를 두 손에 가득 쥔 채, 몸을 반쯤 틀었다.

"무슨 일이야?"

미간을 찌푸리며 맥스웰 사장이 물었다.

"속기 일입니다."

피처가 대답했다.

"어제 사장님께서 말씀하신 일입니다. 소개소에 부탁해서 오늘 아침에 한 사람 보내 달라고요."

"피처, 자네 어떻게 된 거 아냐?"

맥스웰은 말했다.

"내가 그런 말을 할 까닭이 없잖아? 레즐리 양이 우리 회사에 온 뒤로, 지난 일 년 동안 일을 잘해 주고 있잖아? 스스로 그만둘 생각이 없는 한, 속기 일은 계속 레즐리 양이 맡을 거야. 아가씨, 지금은 빈자리가 없습니다. 피처, 소개소에 당장 연락해서 취소해. 그리고, 앞으로 이런 분은 보내지 말라고 일러 놔."

하트형 은메달을 단 여자는 마구 투덜거리며 나가다가 사무실 비품에 부딪치자 신경질을 내면서 돌아갔다.

피처는 틈을 보아 한 사무원에게 사장은 하루하루 점점 더 멍청해져 모든 걸 깜빡깜빡 잊어버리는 것 같다고 흉을 봤다.

일은 더욱 바빠지고 속도는 점점 더 빨라져서, 눈이 핑핑 돌 지경이었다. 거래소 매장에서는 맥스웰 회사의 손님들이 많이 투자하고 있는 대여섯 종류의 주가 한창 상장되고 있었다. 사고파는 고함 소리가 마구 뒤섞여 아수라장이었다. 맥스웰이 가진 주도 몇 개가 위태로워졌다. 그는 고속 기어가 달린 정교하고 강한 기계처럼 움직이기 시작했다. 극도로 긴장하고 있었지만 태엽 장치처럼 민첩하고도 정확하게 결단을 내리며 움직였다. 이 세계에는 주식과 채권, 대부금과 담보, 선금과 유가 증권 외에는 아무것도 존재하지 않았다.

점심시간이 가까워지자, 그토록 소란스럽던 소음도 잠잠해졌다. 맥스웰은 전보와 메모지를 가득 들고, 만년필을 오른쪽 귀에 끼우고, 머리카락이 마구 헝클어진 채 책상 옆에 서 있었다. 창문이 활짝 열려 있었는데, 때는 봄이었고 따뜻한 대지에서 훈훈한 산들바람이 일어 창을 통해 들어오고 있었기 때문이다.

그 창문에서 향긋하고 달콤한 라일락 향기가 은은하게 흘러들어왔다. 브로커는 한순간 그 향기에 넋을 빼앗겨 꼼짝하지 않았다. 왜냐하면 그것은 레즐리한테서 풍기는 향기였기 때문이었다. 그녀한테서만 맡을 수 있는 그녀만의 것이었다.

이 향기는 거의 손으로 만질 수 있을 정도로 생생하게 그녀의 모습을 그의 눈앞에 그려 놓았다. 그 순간 그에게 일은 대수롭지 않은 것이 되었다. 더욱이 그녀는 바로 옆방에 있는 것이었다. 스무 걸음밖에 안 되는 곳에 말이다.

"무슨 일이 있어도 지금 해야 한다."

맥스웰이 중얼거렸다.

"지금 청혼하자. 왜 진작 하지 못했을까?"

그는 공을 잡으려는 유격수같이 날쌔게 안쪽 사무실로 뛰어들어갔다. 그리고 곧장 속기사의 책상 앞으로 다가갔다. 그녀는 빙긋이 웃으며 그를 쳐다보았다. 볼은 엷게 홍조를 띠고 있었고, 눈은 정답고 순하게 반짝이고 있었다. 맥스웰은 책상 위에 한쪽 팔꿈치를 세웠다. 여전히 두 손에는 펄렁거리는 서류가 들려 있었고, 귀에는 만년필이 끼워져 있었다.

"레즐리 양."

그는 얼른 말을 꺼냈다.

"시간이 조금밖에 없는데요, 그 조금밖에 없는 시간에 얘기하고 싶습니다. 나와 결혼해 주시지 않겠습니까? 나는 다른 사람들처럼 절차를 밟아서 청혼할 여유가 없습니다. 하지만, 진심으로 당신을 사랑합니다. 제발 지금 바로 대답해 주십시오. 저 사람들이 지금 유니언 퍼시픽의 주를 상장하려 하고 있으니까요."

"어머나, 지금 무슨 말씀을 하시는 거예요!"

젊은 여자는 소리치며 일어났다. 그녀는 놀라 동그래진 눈으로 맥스웰을 바라보았다.

"내 말을 못 알아듣겠습니까?"

맥스웰은 집요하게 매달렸다.

"나와 결혼해 주십시오. 당신을 사랑하고 있습니다. 레즐리 양, 이 말을 하고 싶어서 일을 하다 말고 잠깐 틈을 내서 빠져나온 겁니다. 벌써 저렇게 전화가 요란스레 걸려오고 있습니다. 피처, 잠깐 기다리라고 해. 어떻습니까, 레즐리 양?"

속기사는 너무나 이상한 행동을 보였다. 처음에는 기가 막히다는 듯이 멍청하게 있더니, 이윽고 그 놀란 눈에서 눈물이 떨어져 내렸다. 그러고는 환하게 미소를 띠며 주식 브로커의 목에 정답게 매달렸다.

"이제야 알았어요."

그녀는 상냥하게 말했다.

"이 일을 하고 있는 동안에 다른 일은 잠시 깡그리 잊으셨나 봐요. 처음에는 정말 놀랐어요. 하비, 잊었어요? 우리는 어젯밤 여덟 시에 길모퉁이의 조그만 교회에서 결혼했잖아요."

사랑의 심부름꾼

공원에 사람이 붐비기에는 아직 이른 계절이었다. 또 그럴 시간도 아니었다. 한 젊은 여자가 길가의 긴 의자에 앉아 있었다. 문득 마음이 끌려 잠시 그 자리에 앉아서 다가오는 봄을 느끼고 싶은 모양이었다. 그녀는 깊은 생각에 잠겨 꼼짝도 하지 않고 조용히 앉아 있었다. 그 얼굴은 어딘지 모르게 우울해 보였다. 우울한 마음은 분명 요 며칠 사이에 생긴 것임에 틀림없었다. 왜냐하면 그녀의 젊고 아름다운 볼의 윤곽이 아직 그대로였고, 입을 꼭 다물고 있긴 했지만 입술 선이 흐트러지지는 않았기 때문이다.

그때 키가 훤칠하게 큰 청년이 성큼성큼 공원을 가로질러 그녀가 앉아 있는 데서 가까운 오솔길을 걸어왔다. 그 뒤에는 여행 가방을 든 소년이 따라오고 있었다. 젊은 여자를 힐끗 본 청년은 얼굴이 새빨개졌다가 금세 제 얼굴빛을 되찾았다. 그는 그녀의 모습을 살피면서 차츰 다가왔다. 그 얼굴에는 희망과 불안의 표정이 뒤섞여 있었다. 청년은 그녀에게서 불과 5, 6미터 떨어진 곳을 지나갔지만 그녀는 그의 모습이나 존재에 조금도 신경을 쓰지 않는 듯했다.

청년은 그대로 50미터쯤 지나가더니 갑자기 걸음을 멈추고 옆에 있는 의자에 앉았다. 소년은 여행 가방을 내려놓고 수상쩍다는 듯 청년의 거동을 하나하나 살폈다. 청년은 손수건을 꺼내 얼굴을 닦았다. 손수건도 좋은 것이었고, 얼굴도 잘생긴 데다 체격도 훌륭했다. 그는 소년을 보고 말했다.

"저기 의자에 앉아 있는 아가씨한테 심부름 좀 다녀오렴. 아가씨에게 가서, 내가 지금 샌프란시스코에 가려고 역에 가는 길인데, 거기에 도착하면 알래스카에서 사슴 사냥을 하는 원정대에 참가할 예정이라고 말씀드려라. 그리고 말을 하거나 편지를 써선 안 된다는 명령이라 어쩔 수 없이 이런 방법을 쓰게 되었다고 설명해라. 아가씨의 공정한 판단에 마지막 호소를 한다고 해. 또한, 그런 대접을 받을 까닭이 없는 사람을 아무런 이유도 없이, 변명할 기회도 주지 않은 채 비난하면서 거들떠보지도 않는다는 건 내가 믿고 있는 아가씨의 인품에 어울리지 않는다고 전해 주렴. 이런 말을 하는 것조차 아가씨가 내린 금지령을 어기는 일이긴 하지만, 이것도 다 아가씨가 공정한 생각을 가지길 바라는 마음에서 비롯된 거라고 말씀드려. 자, 어서 아가씨한테 가서 지금 한 말을 전하고 오너라."

청년은 반 달러짜리 은화를 소년에게 쥐어 주었다. 소년의 얼굴에는 꼬질꼬질 때가 묻어 있었으나 영리해 보였다. 소년은 잠시 반짝이는 눈으로 조심스럽게 청년을 바라보다가 달려갔다. 소년은 얼마쯤 불안한 듯했으나 망설이지 않고 의자에 앉아 있는 여자에게 다가갔다. 그리고 삐딱하게 눌러쓴 바둑판무늬의 낡은 자전거용 모자챙에 손을 갖다 댔다. 여자는 반감도 호의도 보이지 않은 채 무관심하게 소년을 쳐다보았다.

"아가씨."

소년은 말했다.

"저쪽 의자에 있는 저 사람이 아가씨한테 사랑의 메시지를 전하라며 저를 보냈어요. 아가씨가 저 사람을 모른다면 아마 무언가 좋지 않은 일을 꾸미고 있을 테니까, 모르면 모른다고 말해 주세요. 그러면 달려가서 당장 경찰관을 불러다 드릴게요. 아가씨가 저 사람을 안다면 그다지 나쁜 사람은 아닌 것 같으니까, 아가씨에게 말해 달라고 한 뜨거운 사연을 전하겠어요."

젊은 여자는 조금 관심을 보이기 시작했다.

"사랑의 메시지라고!"

그녀는 빈정거리는 투로 말했다.

"그것 참 새로운 발상이야. 연애시에라도 나오는 말인지 모르겠구나. 너한테 심부름을 시킨 저 사람을 전에는 잘 알고 있었단다. 그러니까 경찰관을 부를 필요는 없어. 어쨌든 네가 말한 사랑의 메시지를 들려주렴. 하지만 너무 큰 소리로 말하면 안 돼. 야외 공연을 하기에는 이른 시간이고, 사람들이 몰려오면 곤란하잖니."

"그런가요."

소년은 몸과 함께 어깨를 움츠리며 말했다.

"그럼 아가씨, 제가 말씀드린 것 아시겠죠? 뭐 특별한 건 없어요. 저 사람은 아가씨한테 이렇게 말해 달라고 했어요. 칼라와 커프스를 여행 가방에 집어넣고 샌프란시스코로 간대요. 그런 다음, 알래스카로 사슴을 잡으러 간다고 했어요. 아가씨가 연애편지를 보내거나 집 앞에서 서성거리면 안 된다고 해서 자기의 진심을 알아 달라고 이런 방법을 쓴대요. 아가씨는 자기를 예전에 잊은 사람이라도 되는 것처럼 다루는데, 어떻게든 그 생각을 바꾸고 싶어도 그 기회를 안 준대요. 아가씨가 자기를 마구 때리고는 그 까닭을 말해 주지 않는다고 했어요."

젊은 여자는 조금씩 관심을 보이기 시작했다. 아마도 그것은 그녀가 보통의 전달 방법을 일절 금해 버렸기 때문에 어쩔 수 없이 이런 수단을 쓰게 된, 사슴 사냥을 가는 남자의 독창성이나 대담성이 끌어낸 관심일 것이었다. 그녀는 사람의 발자취가 뜸한 공원에 초라하게 서 있는 조각을 물끄러미 바라보았다.

이윽고 심부름하러 온 소년을 돌아보며 말했다.

"저 사람한테 말해 줘. 이제 와서 새삼스럽게 내 이상에 관해 설명을 되풀이할 필요는 없을 거라고 말이야. 내 이상이 전에는 어떤 것이었고, 지금은 어떤 것인지도 잘 알고 있을 테니까. 그리고 이번 일에서도 나는 절대적인 성실이나 진실을 무엇보다 중요하게 생각한다고. 나도 깊이 생각해 봤으니, 그 결점이 뭔지, 요구하는 것이 뭔지 누구보다도 잘 알고 있다고 전해 주렴. 그러니까 저 사람의 변명 따윈 그게 뭐든지 듣고 싶지 않다고. 난 남의 소문이나 불확실한 증거를 가지고 저 사람을 비난한 건 아니니까 나한테는 잘못이 없다고 말이야. 저 사람이 이미 잘 알고 있는 얘기를 다시 듣고 싶어 한다면, 이 이야기를 저 사람한테 전해도 좋아. 아니, 저 사람에게 확실히 말해 줘. 그날 저녁, 난 어머니께 드릴 장미꽃을 꺾으러 뒷문으로 나가 온실에 들어갔는데, 거기서 저 사람하고 애슈번 양이 복숭아나무 밑에 있는 걸 보았다고 말이야. 정말이지 한 폭의 아름다운 그림 같더라고. 둘이 나란히 있는 모습이 설명을 들을 필요도 없이 모든 걸 분명히 말해 줬다고 전하렴. 나는 온실에서 나왔고, 그때 장미도 이상도 다 버렸다고 말해. 사랑의 메시지에 대한 답을 저 사람한테 전해 다오."

"아가씨, 제가 둘이 나란히 있는 모습에 관해 어떻게 설명하면 좋을지 다시 한 번 말해 주세요."

"그건 아무런 사이가 아니라고 하기엔 너무 가깝게 있었다는 말이야."

소년은 발밑의 모래를 툭 걷어차면서 달려갔다. 그리고 또 하나의 의자 곁에 섰다. 소년은 눈빛을 반짝이며 그녀에게서 들은 말을 재밌게 바꿔서 열심히 전하기 시작했다.

"여자란 꿈같은 이야기나 달콤한 말을 들으면 금세 약해지는 존재이기 때문에 다시 아첨하는 말은 듣고 싶지 않다고 그랬어요. 저 아가씨는 아저씨가 온실 안에서 다른 여자를 껴안고 있는 걸 분명히 보았대요. 꽃을 꺾으려고 옆으로 발길을 돌렸더니 아저씨가 다른 여자를 껴안고 있었대요. 아주 예쁜 여자였다던데요. 그 때문에 저 아가씬 아주 기분이 나빠졌대요. 아저씨 따윈 멍청히 앉아 있지 말고 빨리 기차나 타고 가 버렸으면 좋겠대요."

청년은 나직하게 휘파람을 불었다. 갑자기 무언가 생각이 떠

오른 듯 눈이 반짝였다. 그는 급히 웃옷 호주머니에 손을 집어 넣더니 편지 한 묶음을 꺼냈다. 그 가운데에서 한 통을 골라 소년에게 주었다. 그리고 조끼 호주머니에서 1달러짜리 은화를 꺼내어 소년에게 주었다.

"이 편지를 저 아가씨에게 갖다 드려라."

그는 말했다.

"그리고 이걸 읽어 보시라고 그래. 이걸 읽으면 그때 상황이 설명이 될 거라고. 만일 당신이 이상으로 삼는 그것에다 믿음을 약간이라도 함께 갖고 있었다면, 조금도 마음이 상하지 않았을 거라고 말해 주렴. 그리고 당신이 진심으로 소중히 여기고 있는 성실성은 조금도 변하지 않았으니, 당신의 답변을 기다리고 있다는 말도 전해 주렴."

심부름꾼 소년은 젊은 여자 앞에 가 섰다.

"저 아저씨는 아무런 잘못도 없는데 억울한 누명을 덮어썼대요. 자기는 건달이 아니래요. 아가씨, 이 편지를 읽어 보세요. 저 아저씨는 아주 좋은 사람인 것 같아요."

젊은 여자는 의심스러운 표정으로 편지를 펼쳐서 읽었다.

친애하는 아널드 선생

지난 금요일에 월든 부인의 축하 연회에 참석한 날, 그 댁

온실에서 저희 딸이 지병인 심장병 발작을 일으켜 많이 놀라셨지요. 그때 마침 선생이 계셨기에 다행히 간호를 받을 수 있었습니다. 친절하게 대해 주셔서 정말 고마웠습니다. 만일 그 자리에서 쓰러지는 딸을 선생께서 받아 주지 않으셨다면, 또한 바로 응급 처치를 해 주지 않으셨다면, 딸의 생명이 어떻게 되었을지 모를 일입니다.

딸의 치료를 위해 한번 왕진해 주신다면 더할 나위 없이 기쁠 겁니다.

로버트 애슈번

젊은 여자는 편지를 접어서 소년에게 돌려주었다.

"저, 아저씨는 아가씨의 대답을 기다리고 있겠대요."

소년이 말했다.

"뭐라고 대답하면 좋을까요?"

소년을 쳐다보는 그녀의 눈이 갑자기 반짝하고 빛나더니 곧 아름답게 미소를 띠며 젖어 들었다.

"가서 저 의자에 앉아 있는 사람한테 전해 줘."

그녀는 기뻐하면서도 수줍은 듯이 말했다.

"내가 만나고 싶어 한다고."

작품에 대하여

마지막 잎새 외

◆ **작품 소개**

1905년 발표한 오 헨리의 단편 소설

오 헨리는 미국의 인기 있는 단편 소설가로, 10년 남짓한 작가 활동 기간 동안 300편 가까이 단편 소설을 썼다. 그는 순수 단편 작가로, 따뜻한 유머와 깊은 파토스(페이소스)를 작품에 풍겨 모파상이나 체호프에도 비교된다. 그는 주로 미국 남부나 뉴욕 뒷골목에 사는 가난한 서민과 빈민들의 애환을 다채로운 표현과 교묘한 화술로 그렸는데, 특히 독자의 의표를 찌르는 줄거리의 결말이 기교적으로 뛰어나다. '마지막 잎새'는 오 헨리의 그 많은 작품 중에서도 대표작이며 인정과 애환이 깃들어 있다. 워싱턴의 한 빈민가를 배경으로 병을 앓고 있는 존지, 그녀의 친구 수, 그리고 베어먼 할아버지를 통해 따뜻한 휴머니즘을 묘사하고 있다. 또한 작가는 어떤 시련이 닥쳐오더라도 맞서 싸우려는 강한 의지와 사랑만 있으면 충분히 이겨 낼 수 있다는 것을 작품을 통해 암시하고 있다.

◆ **줄거리**

수와 존지는 워싱턴의 가난한 예술가 마을에 사는 화가들이다. 음식점에서 우연히 알게 된 두 사람은 공동 화실을 내고 서로를 가족처럼 위하며 살고 있다. 한편, 아래층에 사는 베어먼 할아버지는 가난한 화가들에게 그림 모델을 서 주고 근근이 살아가면서, 언젠가는 걸작을 그리겠다는 야심을 품고 사는 삼류 화가이다. 그러던 11월의 어느 날, 존지는 폐렴에 걸려 병석에 눕고 삶에 대한 희망을 버린다. 슬픔에 잠겨 있는 수가 존지 옆에서 그림을 그리고 있는데, 존지는 이웃집 벽에 붙은 담쟁이 잎이 다 떨어지면 자기도 죽을 거라고 말한다. 수는 이런 존지를 안타까워하며 베어먼 할아버지를 찾아가 사정 이야기를 한다. 비바람이 몰아친 다음 날, 존지는 수에게 유리창에 친 커튼을 걷어 달라고 하는데, 담쟁이 잎 하나가 거센 비바람에도 떨어지지 않고 붙어 있는 것을 보게 된다. 그것을 본 존지는 자신의 나약함을 뉘우치며, 병마와 싸울 의지를 얻는다. 수는 기운을 차린 존지에게 베어먼 할아버지가 폐렴으로 죽었다는 소식을 전하며, 벽에 붙어 있는 마지막 담쟁이 잎은 베어먼 할아버지가 비 오는 밤 자신을 희생하며 그린 마지막 걸작이었다고 말한다.

◈ **등장인물 소개**

존지_ 캘리포니아가 고향인 가난한 화가이다. 폐렴에 걸리자, 수의 정성 어린 간호에도 아랑곳하지 않고 삶에 대한 희망을 버리고 비관적이 된다. 그러다 베어먼이 그린 마지막 잎새를 보고 삶에 대한 의지를 되찾게 된다.

수_ 메인이 고향인 가난한 화가이다. 음식점에서 우연히 만난 존지와 고향은 서로 다르지만 취향이 비슷해 절친한 친구가 된다. 이해심이 많고 마음이 따뜻해 존지를 정성껏 간호한다.

베어먼 할아버지_ 25년 동안 걸작을 그린다고 큰소리치면서 술만 마셔 댄 삼류 화가이다. 가난한 화가들에게 그림 모델을 서 주고 푼돈을 받아 근근이 살아가는데, 수와 존지를 무척 아낀다. 살아갈 희망을 잃은 존지를 위해 최초이자 최후의 걸작인 마지막 잎새를 그리고 세상을 떠난다.

◆ 들어가기

세계 문학사를 가만히 들여다보면 여러 문학 장르 중에서 오직 한 장르에만 관심을 기울인 작가들이 더러 있다. '오 헨리(1862~1910)'라는 필명으로 더욱 잘 알려진 미국 작가 윌리엄 시드니 포터도 그러한 작가 중의 한 사람이다. 그는 일상적 경험과 평범한 인물을 즐겨 그린 단편 소설만을 썼다. 그가 여러 단편 소설에서 즐겨 다루는 삶의 문제는 흔히 "차 한 잔의 비극"으로 일컬을 수 있는 사소한 것들이다. 일상생활에서 누구나 겪을 수 있는 사건들, 하루에도 쉽게 경험하거나 주위에서 목격할 수 있는 사건들이다.

그렇다면 오 헨리는 그 많은 작품의 소재 중에서도 하필이면 왜 자칫 진부하다고 할 평범한 일상적 경험을 작품의 소재로 택할까? 파란만장한 그의 개인적 삶을 보면 그 답이 나온다. 교도소 수감 생활에 이르기까지 온갖 경험을 몸소 겼었고, 이러한 경험은 그가 작가가 되는 데 밑거름이 되었다. 언젠가 오 헨리는 왜 더 이상 소설을 읽지 않느냐는 물음을 받은 적이 있다. 그러자 그는 "내 인생의 로맨스와 비교해 볼 때 소설은 너무 싱겁기 때문이지요."라고 대답하였다. 어렸을 적부터 그가 겪어 온 파란만장한 삶의 여정과 비교해 보면 아마 허구의 산물인 소설은 김빠진 맥주처럼 싱겁기 짝이 없었을 것이다.

◆ **작품 배경과 소재**

다른 작가들과 비교해 볼 때 오 헨리의 작품은 소재가 무척 다양하다. 세계 문학사를 통틀어 그만큼 삶의 여러 경험을 폭넓게 다루는 작가도 아마 찾아보기 쉽지 않다. 물론 그는 창녀 이야기 같은 누추한 경험이나 종교를 둘러싼 이야기는 좀처럼 다루지 않는다. 그러나 이러한 경우를 빼고 나면 그는 주위에서 쉽게 볼 수 있는 일상 경험을 즐겨 작품의 소재로 삼는다. 실제로 그는 어느 일상 경험에서나 작품의 실마리를 찾아낼 수 있었다.

오 헨리는 어느 날 뉴욕 시에 있는 한 식당에서 친구들과 함께 식사를 하고 있었다. 뉴욕에서 발행하는 신문《선데이 월드》의 편집자 어빈 S. 콥이 그에게 어떻게 해서 그렇게 다양한 작품의 플롯을 얻을 수 있느냐고 물었다. 그러자 오 헨리는 그에게

"눈을 돌리는 곳마다 이야깃거리가 있지요. 세상만사가 모두 작품의 소재가 됩니다"라고 대답하면서 식탁 위에 놓여 있는 메뉴 한 장을 집어 들었다. "바로 이 메뉴에도 이야깃거리가 있지요."라고 말하고는 〈식탁에 찾아온 봄〉이라는 작품의 줄거리를 들려주는 것이었다.

더구나 오 헨리가 작품에서 즐겨 다루는 작중인물은 평범한 소시민들이다. 그의 작품에서는 재산이 많거나 학식이 뛰어나거나 사회적 신분이 높은 주인공들은 아무리 눈을 씻고 찾아보아도 찾아볼 수가 없다. 그의 작품에서는 하나같이 평범한 소시민들이 주인공들이다. 한마디로 길거리에서 흔히 만나게 되는 갑남을녀가 그의 작품에서 중심인물로 등장한다. 이러한 갑남을녀 중에서도 삶이라는 싸움에서 지쳐 고달프게 살아가는 사람들이나 패배한 낙오자들은 그의 작품에서 중요한 작중인물들이다.

예를 들어오 헨리의 작중인물은 〈순경과 찬송가〉나 〈이십 년 뒤〉처럼 하나같이 사회로부터 버림을 받거나 사회의 밑바닥에 떠도는 부랑아들이거나 거지들이다. 〈검은 독수리의 행방〉, 〈세상 사람들은 모두 친구〉, 〈붉은 추장의 몸값〉처럼 사회가 정한 제도나 법률을 범하는 범법자들도 적지 않다. 아니면 〈하그레이브스의 일인이역〉과 〈어느 도시 보고서〉처럼 한때는 남부

럽지 않은 생활을 했지만 지금은 상황이 달라져 적잖이 고통 받고 있는 사람들이나 '삶의 잔치에 초대받지 않은' 외로운 국외자들을 다루기도 한다.

이렇게 오 헨리는 뉴욕 같은 대도시를 배경으로 소시민의 평범한 일상 경험을 다루되 그것에 낭만적인 요소를 가미하여 독특한 분위기를 자아낸다. 손에 닿는 것마다 황금으로 만들어 버렸다는 그리스 신화의 미다스 왕처럼 그도 아무리 보잘것없는 일상 경험이라도 일단 그의 손에 들어오면 로맨스의 빛깔을 띠게 된다. 오 헨리가 작가로서 위대한 것은 바로 그 때문이다.

평범한 소시민 중에서도 오 헨리는 누구보다도 깊은 애정을 품고 있는 것은 상점에서 일하는 여직원들이다. 낮은 임금을 받고 고달프게 육체노동에 시달리는 젊은 아가씨들에 그는 애틋한 사랑과 관심을 기울인다. 시카고에서 활약한 시인 베이철 린지는 그를 두고 '보잘것없는 점원 아가씨의 기사(騎士)'라고 부른 적이 있다. 문학 비평가 아서 B. 모리스도 "뉴욕 백화점 카운터마다 오 헨리의 그림자가 드리워져 있다"고 말하였다. 두말할 나위 없이 오 헨리가 점원 아가씨를 둘러싼 이야기를 즐겨 작품의 소재로 삼았기 때문이다. 이러한 점원 아가씨에 대하여 오 헨리는 〈준비된 등불〉의 첫 머리에서 이렇게 말한다. "우리는 흔히 '점원 아가씨들'이라는 말을 듣는다. 그런데 사실 그러한 부류의 여성이 따로 있는 것은 아니다. 그들은 상점에서 일을 함으로써 생계를 유지할 뿐이다. 어째서 그들의 직업이 형용사로서 사용된단 말인가? 자, 공평하게 생각해 보자. 맨해튼의 5번가에 살고 있는 아가씨들을 두고 우리는 '결혼 아가씨들'이라고는 부르지 않는다."

◈ 따뜻한 휴머니즘의 문학

그렇다면 오 헨리는 일상적 경험의 소재로 삼아 우리에게 어떤 메시지를 전해 주는가? 인도주의는 그의 문학에서 가장 핵심적인 주제이다. 동료 인간에 대한 뜨거운 동정과 관심 그리고 너그러운 이해는 그의 작품에 관류한다. 거지와 부랑아, 도둑이나 범법자, 삶의 낙오자와 패배자처럼 삶의 밑바닥에 떠도는 사람들, 그리고 낮은 임금에 시달리는 직장 여성은 비록 사회로부터 소외된 채 그늘진 응달에 살고 있지만 작가에게는 여전히 '인간 가족'의 소중한 구성원일 뿐이다. 그는 가난하고 외로운 사람들을 따뜻한 마음으로 감싸 안고, 그들의 약점과 한계를 너그러운 마음으로 이해하려고 한다.

언젠가 워드 맥앨리스터는 "뉴욕 시에서 알 만한 가치가 있는 사람은 모두 4백 명밖에는 되지 않는다"고 말한 적이 있다.

이 말을 들은 오 헨리는 그러한 사람이 "4백 명이 아니라 4백만 명은 된다."고 말하였다. 4백만 명이란 바로 이 무렵 뉴욕 시에 살고 있는 전체 인구를 말한다. 다시 말해서 뉴욕 시에 살고 있는 사람이라면 하나같이 사회적 신분이나 재산 또는 학식에 관계없이 모두 "알 만한 가치가 있는" 사람들이라는 것이다. 그래서 오 헨리는 아예 한 작품집의 제목을 '4백만 명'이라고 삼았다. 뉴욕 시에 살고 있는 작중인물의 삶의 애환을 그린 작품을 수록한 이 작품집에는 우리가 잘 알고 있는 〈마지막 잎새〉를 비롯하여 〈크리스마스 선물〉, 〈이십 년 뒤〉 등 주옥같은 작품이 많이 실려 있다.

오 헨리 문학의 핵심적 주제라고 할 인도주의를 좀 더 좁혀 말하면 사랑과 희생의 중요성이다. 동료 인간에 대한 동정과 이해는 바로 사랑과 희생이 없이는 불가능하다. 말하자면 사랑과 희생은 휴머니즘의 집을 떠받들고 있는 기둥이다. 〈크리스마스 선물〉에서 여주인공 델러는 사랑하는 남편을 위하여 자신이 그토록 아끼는 머리채를 팔아 선물을 산다. 마찬가지로 남주인공 짐 또한 가보(家寶)처럼 전해 내려온 자신의 소중한 시계를 팔아 아내의 선물을 산다.

오 헨리가 관심을 기울이는 따뜻한 인간애는 다름 아닌 미국이 내세우는 자유와 평등에 기초를 둔 민주주의 이상이기도 하다. 또한 그의 작품은 민중적이고 낙관적인 세계관을 보여 준다는 점에서도 미국의 정치 이상과 맞닿아 있다. 적어도 이 점에서 그는《허클베리 핀의 모험》의 작가 마크 트웨인이나《풀잎》의 시인 월트 휘트먼의 전통을 이어받고 있다.

오 헨리 문학에서 유머와 페이소스가 차지하는 몫이 무척 크다. 평범한 사람들의 일상적 삶을 한 편의 수채화처럼 그리되 그는 자칫 음울한 수 있는 캔버스에 해학성의 색깔을 보낸다. 그의 전기 작가 로버트 H. 데이비스는 "나는 우울할 때마다 오 헨리의 작품을 읽는다."고 말한 적이 있다. 그의 작품 가운데에는 〈세상 사람들은 모두 친구〉나 〈정신없는 브로커의 사랑〉 또는 〈사랑의 묘약〉처럼 어릿광대의 익살 같은 깊이가 얕은 해학도 없지 않다. 그러나 대부분의 작품에서 그의 해학은 삶의 겉모습과 실제 모습, 삶에서 기대하는 것과 그 결과 사이의 엄청난 괴리 때문에 생겨나는 수준 높은 해학이다. 다시 말해서 그가 다루는 해학은 삶의 아이러니나 부조화에서 비롯하는 형이상학적 해학이다. 그의 작품을 읽을 때 살며시 떠오르는 미소와 그 미소 뒤에 느끼게 되는 조금 씁쓸한 뒷맛은 삶의 아이러니와 인간의 약점을 얄미울 만큼 날카롭게 꼬집는 그의 유머와 기지에서 비롯한다.

◆ 작가 소개

오 헨리는 1862년 10월 미국 노스캐롤라이나 주의 그린스보로에서 태어났다. 세살 무렵 어머니가 결핵으로 사망하자 가족은 할머니의 집으로 이사하였다. 1879년 고등학교를 졸업하고 삼촌이 경영하는 약국의 조수로 들어가 1881년 약사 자격증을 취득하였다. 1882년 헨리는 텍사스로 이주하여 목장에서 일하였다. 그 뒤 오스틴으로 이사하여 제도사, 은행원, 기자 등의 직업을 전전하였다. 은행원, 기자 등으로 일하면서 첫 작품집《구르는 돌》을 출간했지만 상업적으로 그다지 성공을 거두지 못하였다.

오스틴 은행에서 재직하던 중 횡령죄로 체포되어 오하이오 교도소에 복역하였다. 이렇게 옥살이를 하던 중 그는 처음 '오 헨리'라는 필명으로 단편 소설을 발표하기 시작하였다. 그가 출간한 작품집으로는《크리스마스 선물》을 비롯해《붉은 추장의 몸값》,《도시의 패배》,《경찰관과 찬송가》,《다시 찾은 삶》,《이십 년 뒤》,《마지막 잎새》등이 있으며, 평생 300여 편에 이르는 단편 소설을 썼다.